读者丛书

DUZHE CONGSHU

百年辉煌读本

旷野里一颗引路的星

读者丛书编辑组 / 编

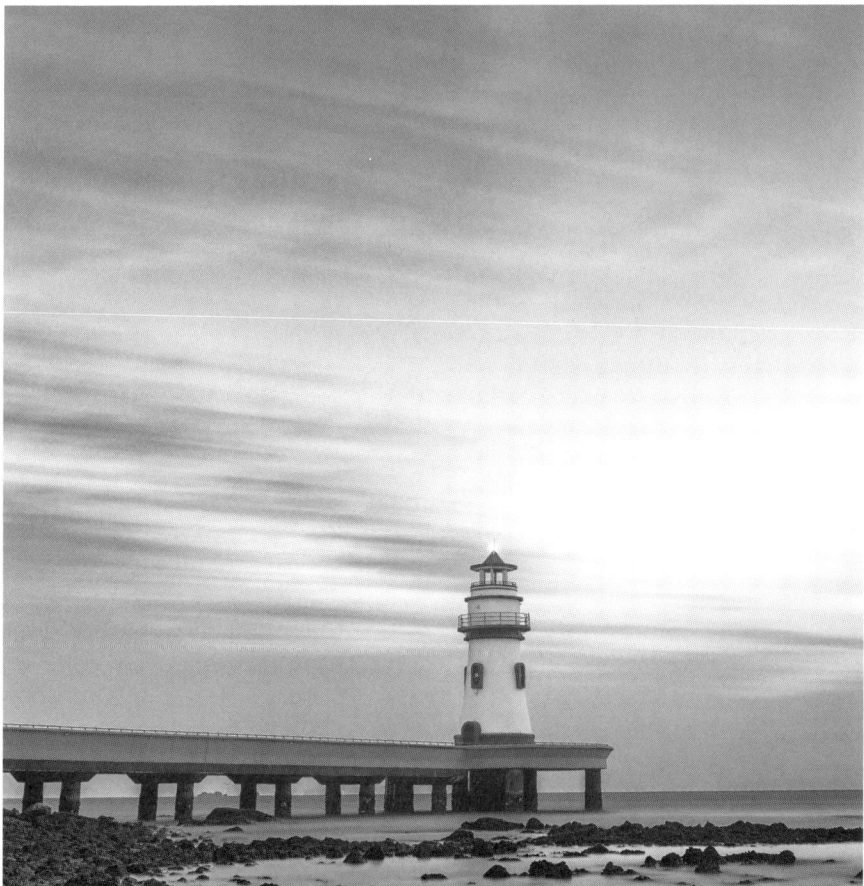

读者出版传媒股份有限公司

甘肃人民出版社

图书在版编目（ＣＩＰ）数据

旷野里一颗引路的星 ／ 读者丛书编辑组编. －－ 兰州：
甘肃人民出版社，2021.4（2021.5重印）
（读者丛书. 百年辉煌读本）
ISBN 978-7-226-05669-1

Ⅰ．①旷… Ⅱ．①读… Ⅲ．①散文集－中国－当代
Ⅳ．①I267

中国版本图书馆CIP数据核字(2021)第047715号

出 版 人：刘永升
总 策 划：刘永升　马永强　李树军
项目统筹：宁　恢　高茂林
策划编辑：高茂林
责任编辑：高茂林
助理编辑：李舒琴
封面设计：裴媛媛

旷野里一颗引路的星

读者丛书编辑组　编

甘肃人民出版社出版发行

（730030　兰州市读者大道 568 号）

北京温林源印刷有限公司印刷

开本 710毫米×1000毫米　1/16　印张 15.25　插页 2　字数 226 千
2021年4月第1版　2021年5月第2次印刷
印数：10 001~12 020

ISBN 978-7-226-05669-1　　定价：48.00元

目 录
CONTENTS

001 承载与担当 / 木 蹊

006 百校之父，大爱无名 / 张明萌

013 一个日本老兵的身后事 / 蔡星天

021 爱在川南 / 孙立极

025 说金庸 / 二月河

029 沙发客的环球之旅 / 李蕊娟

034 梭罗河畔 / 蔡 怡

038 自得其乐 / 汪曾祺

040 童心百说 / 刘再复

044 人性的光辉 / 傅绍万

047 生命之始，花开花谢 / 林清玄

051 独立与抱团 / 郭恺迪

054 紫衣 / 三 毛

059 如何安放我们的心 / 钱 穆

063 欧洲人吃火锅 / 张佳玮

066 他种了 3000 颗星星 / 秋 桐

072 美是回来做自己 / 蒋 勋

075 春草明年绿 / 范春歌

081 求学之道 / 黄 霑

084 香港廉政公署的考题 / 朱国勇

1

086　不愿让风吹大了孩子 / 淑　洁

090　中国绿卡 / 周　洁

093　中国外交撷趣 /《壹读》编辑部

097　你真的那么有远见吗 / 杨　澜　朱　冰

102　我为什么愿意穿越回宋朝 / 吴晓波

105　朋友 / 古　龙

108　俺村、中国和欧洲 / 刘震云

111　一辈子和诗词谈恋爱 / 赵晓兰

117　别对这个世界有偏见 / 杨熹文

121　于细微处见李敖 / 曹景行

126　飞到天际 / 王小峰

130　幸存的那个班 / 罗　婷

137　另一段城南旧事 / 余光中

142　他们就是我的城市 / 秦珍子

146　车·马·三生石 / 潘向黎

149　开会迟到，听会睡觉 / 李肇星

153　细味那苦涩中的一点回甘 / 杨　绛

155　鹣鲽情深 / 贾孟影

160　增田达志 / 薛　萍

165　爸爸的花椒糖 / 林海音

170　梦里不知身是客 / 清　心

175　花好月圆 / 水　格

185　双文化人 / 冷益华

189　奇人高罗佩 / 何映宇

192　林肯中心的鼓声 / 木　心

195　守岛记 / 杨书源

202　一个自由主义者的传统婚姻 / 李宗陶

208　海峡两岸的"世说新语" / 李寒芳

211　中国人无法向脾胃妥协 / 朱天衣

214　妻的导盲犬 / 刘　墉

217　明月前身 / 韦　羲

223　日本街头拉行李箱的中国人 / 莲　悦

226　舌尖上的汪曾祺 / 苏　北

230　河湾没了 / 冯骥才

236　致谢

承载与担当

木 蹊

港珠澳大桥正式通车运营了，这座大桥跨越伶仃洋，东接香港，西接广东珠海和澳门，总长约 55 公里，集桥、岛、隧于一体，被国外媒体誉为"新世界七大奇迹"之一。

天降大任，负重前行

2018 年 10 月 23 日的伶仃洋上，从太平洋灌入人工岛的海风，也吹不散建设者的自豪、喜悦。至此，港珠东西，长虹卧波，天堑南北，通途无阻。这个超级工程堪称世界桥梁建设史上的巅峰之作。在此之前，谁能想到，人类建设史上迄今为止里程最长、投资最多、施工难度最大、设计使用寿命最长的跨海公路桥梁，会诞生在中国？

时间拨回到 2005 年。那一年，建设港珠澳大桥的计划刚刚被提出，现实情况是，在沉管隧道领域，中国的技术还无法达到国际水平。在此情况下，国外媒体都特别关注港珠澳大桥，其实就是因为一个字：难。工程体量之巨大，建设条件之复杂，是以往世界同类工程都没有遇到的。

可这个重担，偏偏就落在工程师林鸣身上。

要建造港珠澳大桥，必须突破三个难点：一、港珠澳大桥需要建造一个外海沉管隧道，但在建港珠澳大桥之前，全中国的沉管隧道工程加起来不到4公里。二、这是我国第一次在外海环境下建沉管隧道，可以说是从零开始，从零跨越。三、技术力量不够，钱也不够。

作为建造了中国第一大跨径悬索桥润扬大桥的负责人，林鸣一宿未眠，坐待天明。

每一步，都是第一步

为了准备这个工程，2007年，林鸣带着工程师们去全球各地考察桥隧工程。当时世界上超过3公里的隧道，有欧洲的厄勒海峡隧道，还有韩国釜山巨加跨海大桥的海底隧道部分。

巨加跨海大桥由韩国一家非常厉害的公司主持，但安装的部分却全靠欧洲人提供支持。每一节沉管安装的时候，会有56位荷兰专家从阿姆斯特丹飞到釜山给他们安装。

林鸣带着团队来到釜山时，向接待方诚恳地提出，能不能到附近去看一看他们的装备，却被对方拒绝了。

从釜山回来后，林鸣下定决心，港珠澳大桥一定要找到世界上最好的、有外海沉管安装经验的公司来合作。

于是，他们找了当时世界上最好的一家荷兰公司谈合作。对方开出了天价：1.5亿欧元！当时约合人民币15亿元。

谈判过程异常艰难，最后一次谈判时，林鸣妥协说："3亿人民币，一个框架，能不能提供给我们最重要的、风险最大的这部分支持?"

但是，荷兰人戏谑地笑了笑，说:"我给你们唱首歌，唱首祈祷歌!"

跟荷兰方面谈崩之后，林鸣和他的团队就只剩下最后一条路可以走:自主攻关!

难以承受国外高额的技术咨询费用，而世界上其他国家的沉管隧道技术，也无法在港珠澳大桥上照搬套用。林鸣没有绕开这些问题，他坚信:只有走自我研发之路，才能掌握核心技术，攻克这一世界级难题。

可在几乎空白的基础上进行自主研发，林鸣和他的团队面对的是常人难以想象的困难:他们需要将33节，每节重8万吨、长180米、宽38米、高11.4米的钢筋混凝土管，在伶仃洋水下50米深处，加上东西岛头预设段，安装成长达6.7公里的海底通道。

没有经验，不被看好，外国人都在关注，中国工程师到底行不行?

当然行! 2013年5月1日，历经96个小时的连续鏖战，海底隧道的第一节沉管被成功安装。这是不平凡的96个小时，仿佛一个从来没有人教过，也从来没有驾驶经验的新手司机，要把一辆大货车开上北京的三环。

林鸣和他的团队在海上连续奋战，5天4夜没合眼。终于，海底隧道的第一节沉管被成功安装!

然而，第一节的成功并不意味着后面32节的安装都可以简单复制——严苛的外海环境和地质条件，使得施工风险不可预知。

每一次安装前，林鸣离开房间的时候，都会回头再看看那个房间。因为每一次出发，都可能是自己的最后一次出发。

死神对林鸣的第15个"孩子"——E15——发出了通告。在安装第15节沉管时，他们碰到了最恶劣的海况——海浪有一米多高，工人都被海浪推倒在沉管顶上。

尽管如此，工人还是护送沉管毫发无损地回到坞内。当时起重班长说:"回家了，回家了，终于回家了。"命是捡回来了，可E15的安装计划却就此搁浅。

第二次安装是在 2015 年的大年初六，为了准备这次安装，几百个人的团队春节期间一天也没休息。但是当大家再一次出发，现场出现回淤，船队只能再一次回撤。

林鸣当时压力很大，只装了 15 个沉管，还有 18 个沉管要装，这样下去，这个工程还能完工吗？拖回沉管之后，许多人都哭了。

10 年来，几乎每到关键和危险的时刻，林鸣都会像"钉子"一样，几个小时、十几个小时、几十个小时地"钉"在工地。只有体型的变化暴露了一切：他瘦了整整 40 斤。

2017 年 5 月 2 日早晨日出时分，最后一节沉管的安装终于完成了，船上一片欢呼。世界最大的沉管隧道——港珠澳大桥沉管隧道——顺利合龙。

中国乃至世界各大媒体，都在为这项超级工程的完美竣工欢呼。此时的林鸣，却在焦急地等待最后的偏差测量结果。

偏差 16 厘米，就水密性而言已算是成功。而中国的设计师、工程师，包括瑞士、荷兰的顾问……大多数人都认为滴水不漏，没问题。

但林鸣说："不行，重来！"

茫茫大海，暗流汹涌，把一个已经固定在深海基槽内、重达 6000 多吨的大家伙重新吊起，重新对接，一旦出现差错，后果将不堪设想。

"算了吧。""还是算了吧！"几乎所有人都想说服林鸣罢手。

这时，林鸣内心出现一个声音：如果不调整，会是自己职业生涯和人生里一个永远的偏差。

他把已经买了机票准备回家的外方工程师又"抓"了回来。经过 42 个小时的重新精调，偏差从 16 厘米降到了不到 2.5 毫米！缩小到百分之一点几！那一夜，他终于睡了 10 年来的第一个安稳觉。

大国工匠

清晨 5 时许，林鸣又开始了自己风雨无阻的长跑。

从港珠澳大桥岛隧工程项目营地出发，途经淇澳大桥，最后到达伶仃洋上的淇澳岛，来回 10 多公里。

在近 40 年的职业生涯里，林鸣走遍大江南北，建起了众多桥梁。但对他来说，珠海有着特殊的意义。

读大学前，林鸣当过 3 年农民、4 年工人，曾经到工厂做学徒，拿着锉刀或者锯条，练习锉、锯、凿、刨等基本功，学当铆工和起重工。后来，才到西安交通大学接受了为期半年的技术培训。

在同行看来，他的动手能力无人能出其右。在工地上，他可以拿着榔头、扳手等工具给数以千计的工人一个个讲原理、讲方法。

桥的价值在于承载，而人的价值在于担当。

10 多年的时间，林鸣走完了港珠澳大桥这一世界最长、难度最大的"钢丝"。向他迎面而来的是"最美工程""最美隧道"的标语。在他看来，高品质的工程不是做给别人看的，越是普通人看不到的地方，越要做好。

这个"最美"，不仅仅是自娱自乐、自我陶醉，还要有益于他人，并得到社会认可。2010 年，大桥下的白海豚大概有 1200 头。2018 年是多少呢？2600 头，翻了一倍多。

蓝天为卷，碧海为诗；深海白豚，踏浪伶仃。2018 年 10 月 23 日的港珠澳大桥上，林鸣又完成了一次长跑。

（摘自《读者》2018 年第 24 期）

百校之父，大爱无名
张明萌

1982 年，63 岁的田家炳放下公司工作，成立田家炳基金会，致力于社会公益事业。至今，基金会已在国内资助大学 93 所、中学 166 所、小学 44 所、专业学校及幼儿园 20 所，乡间学校图书馆 1800 余间。他累计捐资已超过 10 亿港元，用于教育、医疗、交通等公益事业，其中教育所占的比例高达 90%。他还捐出了自己名下 80% 的资产。

田家炳 16 岁丧父，辍学到南洋寻找发展机会，开办了印尼第一家塑料薄膜厂。1958 年，印尼排华情绪暗涌，田家炳放弃如日中天的事业，举家移居香港，隔年在屯门填海建厂，开拓香港人造皮革市场，迅速成为"香港人造皮革大王"。成立田家炳基金会后，他开始系统地推动慈善工作，并在 90 岁那年决定，基金会由家族管理改为由社会人士参与，他只任名誉董事长。

同时，田家炳将余下的物业、资产全数捐给基金会，物业储金作为永久的资助经费。亚洲金融危机时期，他资金周转遇到困难，甚至卖掉居住了 37

年的别墅，全数用于捐款。他晚年只租住公寓，过着一贯的简朴生活。

田家炳最常讲的一句话是"中国的希望在教育"。他知道要改变中国的教育面貌，重点在中小城市、广大的农村和大西北的落后地区。几十年来，田家炳的足迹遍布中国贫困地区，他年逾九十仍坚持去捐助的师范院校与师生座谈，讲述自己的创业故事和教育理念。弥留之际，据其家人回忆，田家炳身体已十分虚弱，眼睛也看不到东西，双手一直拿着一张全国30多个省份的田家炳中小学的分布图，不断抚摸。

这位来自广东梅州、长居香港、普通话带着客家口音的老人，非常关心内地的教育。他初中辍学，却拥有"博士""教授"等很多名誉称号。这些彰显身份和成就的称号，放在田家炳的身上似乎恰如其分——几百座"田家炳大楼"培养了一代又一代的学子。

1993年，南京紫金山天文台将2886号小行星命名为"田家炳星"。在地球上，除了天文学家和天文爱好者，没有几个人能够看到、认识这颗星星，就如茫茫人海里，没有几个人认识田家炳一样。

2018年7月10日，田家炳逝世，享年99岁。

父辈遗风

在梅州大埔县，坐上的士或电动摩托，一定不能说去"田家炳大桥"——这里共有126座田家炳大桥，它们在韩江流域依次排开，让这个一度只能依靠水路的"瓷土之乡"彻底告别了摆渡过河的历史。

在1978年田家炳捐资100万港元兴建湖寮大桥（后改名田家炳大桥）前，田氏宗族已经在大埔绵延了800余年，到田家炳，已经是第18代孙。父亲玉瑚公排行第二，开设"广泰兴"，主营砖瓦与油盐茶米等生意，乡里闻名。三叔翠珊公是清末最后一科秀才，四叔、五叔经商。在贫困的大埔，田家是富裕的家族。

父亲 48 岁那年，田家炳出生，是家里唯一的男孩。老来得子的父亲希望孩子能"彪炳百代"，为他取名"田家炳"。尽管陪伴田家炳的时间并不长，但父亲在他生命中扮演着非常重要的角色，也为他的人格打下了基础。

父亲玉瑚公着重培养田家炳的品行，每日教导田家炳两句《朱柏庐治家格言》，等他背熟体会后，再教两句，同时嘱咐他牢记并实践。这篇 524 字的治家格言田家炳倒背如流，并一生奉为圭臬。

在田家炳看来，玉瑚公爱得深切，也爱得理智，更难得的是在生活中教爱合一。父亲会在严冬的早上谈渔翁钓鱼的事例，告诉田家炳"六月炉边匠，三冬水上翁，彼岂不知寒暑，只因业在其中"的道理。遇上乞丐乞食，父亲会分析人沦为乞丐的多种可能性——或幼年不好好学习，或壮年不务正业，并指出如果不好好自爱，老年就自身难保，富者也会沦为乞丐，怎能谈孝？

田家炳全然沿袭了父亲的教育方式，对子女严格又开明：坚持在家讲客家话，因为客家人"宁卖祖宗田，莫卖祖宗言"；让子女学客家话，却从不逼他们讲；坚持祭祖，却也尊重子孙的宗教信仰，祭拜时免去跪拜之礼；要求子女自立，但将选择权交给他们……

玉瑚公德高望重，知识博、交友广，他家还订有当地权威且难得一见的《汕报》，广泰兴除了生意往来，更成了当地民众长知识、谈国事的场所。田家炳长期在侧侍候父亲、招待客人，浸淫在世情时局的谈论中，视野扩展很快。

他深知视野的重要性，也明白子女没有自己幼时成长的环境，便变换方式增长他们的见闻。儿子田文先记得，1960 年年初，香港举办"空中游"，父母带他们坐飞机环游香港，飞机在云层中随气流升降，吓得兄弟姐妹们大呼小叫。田文先惊讶又感动：平时连坐巴士的钱都能省则省的父亲，为了让儿女增长见识，竟舍得花那么多钱让他们坐飞机。

15 岁那年，田家炳念完中学二年级，玉瑚公去世。为减轻母亲负担，他放弃学业，结束短暂的求学之路，肩负起持家重任。母亲继续管理砖瓦厂的生产和家务，他负责广泰兴商铺及对外往来事务。两年时间，事业蒸蒸日上。

海外创业

大埔境内山多田少，粮食不能自给，工商业不发达，当地人谋生不易，多到海外打工。田家炳分析家乡瓷土前景后，决定开发海外市场。

18 岁那年，田家炳乘船前往越南早翁市，开始了海外创业的历程。十几个月后，他成为越南最大的瓷土供应商。

田家炳离家时，日本已发动全面侵华战争。1939 年 6 月，日本侵略汕头，田家炳往越南运瓷土的出海口被占领，运输线被切断，第一次创业结束。

远在印尼的义兄田家烈在万隆经营一家土杂洋货商店，希望田家炳去照料生意，同其子田沧先经营商店，自己则准备回乡。但田家烈未动身已染重病，田家炳初来乍到他便因病离世。田家炳只好开始自学印尼语，经营洋杂货和土特产。

1941 年，日本发动太平洋战争。1942 年春，日军占领了印尼，田家炳经商的地区被划入戒备森严的军事区，日军限令华侨一个月之内必须撤出，而且不允许带走任何财产。苦心积攒起来的财富没法带走，田家炳将现金一部分就地掩埋，一部分送给侄儿维持生活，两手空空离开万隆。

田家炳转到印尼首都雅加达，去同宗族人田国璋创办的一家五金厂打工。"当时市面的进口货缺失不在话下，连印尼本国的制品也奇缺，可以说是投资工业的大好时机。"在田国璋和其他族人的援助下，1946 年，超伦树胶厂建成投产，田家炳开始第二次创业。他对市场的敏锐嗅觉再次得到印证，超伦树胶厂成为印尼实业界的典范。

1951 年，田家炳还清了全部贷款，并于次年创办了南洋树胶有限公司。1954 年，他在日本考察 PVC 生产后，订购了全套生产设备，对公司进行了彻底的技术改造，1956 年正式进军 PVC 薄膜生产领域。30 多岁的田家炳成为印尼工业界的突出人物。

1958 年，田家炳决定将蓬勃发展的印尼厂务留给侄辈管理，举家迁往香港。他曾数次回忆那次"迁徙"："我看到局面对华人越来越不利，华人随时会成为各派政治势力斗争的牺牲品。同时，我希望子女能够接受中华文化的教育，但当时在印尼，根本没有正规的华文教育。香港社会有浓厚的中华文化气息，出入境、金融贸易都很自由，具备国际城市的基本条件。人民安全得到法律保障，生活习惯完全与内地一样。经多方考虑，我决定全家移居香港。"

香港人造革大王

1958 年，田家炳一家来到香港。在陌生的城市里，田家炳夫妇带着 9 个孩子，挤在 80 平方米的房子中。

田家炳开始第三次创业，他计划重操旧业，发展塑胶薄膜及人造革产业。

1960 年秋，田氏塑胶厂在填海建成的土地上正式开业。投产第一年就荣获"香港新产品奖"。田氏塑胶厂在香港站稳了脚跟，下游加工业也如田家炳预料的那样跟着发展，产品远销东南亚及欧美，塑胶业成为香港很大的出口行业。"香港人造革大王"的称号自然落在了田家炳头上。

几十年来，田家炳和众多企业家一样经历了许多考验：1965 年银行风潮，1973 年股市崩溃，1974 年世界石油危机，1976 年经济衰退，1997 年亚洲金融风暴……当同行经受不住冲击纷纷倒闭的时候，田氏企业顺利渡过难关，成为香港企业一块不倒的金字招牌。

1982 年，拥有巨额资产的田家炳从商海中隐退，把化工厂交给几个儿子共同管理，自己则专心于慈善事业。他捐出 10 多亿元资产，成立"田家炳基金会"，成为少有的"职业慈善家"。

曾有人问田家炳为什么要做教育，田家炳讲了很多，最后说了 4 个字——"改革开放"。

在这之前，田家炳的慈善事业都在香港和台湾。1959 年，他担任香港新界最大慈善机构博爱医院的总理。1965 年，他又出任香港华人最大慈善机构东华三院的总理，参与推动社会福利工作。他还成立了台湾田家炳文教基金会。"1977 年看到这个变化，他感觉机会来了。中国的希望在教育，现在是时候去内地投资教育了。他每次做的决定都是和整个世界的发展趋势相关联的。"

"校长在哪里"

对于校长和老师，田家炳十分尊重。在内地，学校剪彩都是领导参与，校长很少被安排位置，能够担任司仪已经非常难得。而田家炳每次都会问："校长在哪里？"不但给校长安排座位，还一定要校长上台参加剪彩。但看到学校施工图中校长办公室过大时，田家炳又会提出："留出更多的空间给老师和学生。"

师范院校也是田家炳重点捐助的部分。他认为："要办好教育，必须要有好的老师。师范大学是培育教师的重要基地。"

1999 年，受亚洲金融风暴影响，香港房地产市价较高峰期下跌过半。但田家炳居住的大宅外观不俗，保养适宜。这套豪宅位于香港九龙塘高档住宅区，面积超过 700 平方米，带有游泳池、私家花园和运动场等，田家炳在此已度过了 37 个生日。据地产公司估算，这套豪宅可卖超过 5000 万港元。按照田家炳的计划，这笔钱能够资助 20 多所中学。为了恪守捐资承诺，他和家人商量后，决定卖掉房子。在洽谈过程中，对方得知田家炳卖房是为了助学，还多付了 300 万港元的房款，最终以 5600 万港元成交。

80 岁的田家炳将卖房所得款项全数捐资教育，自己则租了一套 130 平方米的公寓，从窗户还能望到之前的豪宅。

2005 年，为增加资金扩大捐资规模，田家炳将 13 万平方米、24 层的田氏广场售出，得款近 3 亿港元，为数十所大学、中学提前付清捐款。

如今，国内 39 所师范大学里面，都有一个"田家炳书院 / 学院"。类似的教学楼，在全国各地的大学里面，共有 90 多栋，加上他捐建的中学 166 所、小学 44 所，田家炳因此被称为"中国百校之父"。

（摘自《读者》2018 年第 20 期）

一个日本老兵的身后事

蔡星天

　　去年初夏，正是日本樱花凋落时节，我接受了一项特殊任务——接待并陪同一位原日本侵华战犯的遗孀来华厝葬丈夫骨灰。逝者叫赤坚柏仓，终年89岁，是1956年从中国太原战犯管理所被免予起诉获释的归国者。回日本后，他加入了由原侵华日军官兵组成的反战组织"中国归还者联络会"，成了一名反对日本军国主义的进步人士。

　　5年前在东京，我曾以采访学者身份见过他，可那时他似乎有很多顾虑，很不愿触及和公开自己当年在华的罪行，只一味俯首低眉，泪眼婆娑地讷讷说："不堪回首，对不起，真对不起，我是罪人……残杀过许多中国人，强盗一样抢掠……野兽一样虐害妇女儿童……烧房，所有罪行，我都犯过，罪孽深重……我一直想去中国谢罪……"

　　当时，面对着异常痛苦、孱弱而老迈的赤坚柏仓，我无法走进他的心灵深处，只得悻悻而去。想不到5年后，他竟于弥留之际想到我，通过日本二代反战组织"抚顺奇迹继承会"联络到我，请求我协助他的遗孀将其骨灰撒到中国土地上谢罪。这一惊世骇俗的举动，委实让我惊诧难解。疑惑中，我进入了全程翻译和向导的角色。

决绝谢罪

我如期在机场接到了赤坚柏仓的遗孀川香美纪子。当时她夹杂在人流中，左手拖着一个旅行箱，右手抱着一个裹着白绢的椭圆形器物；个子不高，肩背微驼，面容苍老；一袭黑衣衬着灰白发髻，显得朴实、素雅又端庄。见了面，她同我短暂交流后，眼圈便红了，然后对我行非常典型的日本礼，拜托并致谢。从她暗淡而游移的眸子里，我分明捕捉到了一种难以洞悉的忧郁与沧桑。

敲定具体行程路线和时间表后，我们择定一家宾馆下榻。然后买好翌日启程去山西太原的火车票。

晚餐后，回到宾馆。川香美纪子将一本硬皮本和一封信交给了我，说这是赤坚柏仓临终前叮嘱她一定要亲手交给我的东西。回到房间，我打开了这封充满悔恨、自责和泪迹的书信：

……当您接到这封信时，我已离开了人世。歉疚的是，您在东京访晤时，我没勇气公开自己犯下的罪行。其实，我并不是想故意隐瞒，而是一直想把折磨我良心的罪孽说出来，可我又不敢这样，因为我有儿子、孙子。无论从自私还是顾及面子的角度，我都不敢轻易说出。我很担心，一旦说了，理解的，说我到死能忏悔；不理解的，会指着我的后代说是罪恶之家。

现在，我已到了肝癌晚期，活不了多久了。我异常钟爱的儿子、媳妇和孙子一家人，在九州岛的车祸中全部罹难了。这是老天对我的惩罚，是对我在中国所犯罪孽的现世报应！如今在这个世界上，我已经没有活着的意义了。

我是个虔诚的神道教徒，笃信死后灵魂会继续存活。可是，充满罪恶感的灵魂，活着也是不安宁的。为了赎罪和惩罚自己，我决定把带着灵魂的骨灰撒到中国的土地上——一部分撒到山西省安邑县的骡马市场上，让那里的牲畜经常踩踏；一部分撒到黑龙江省方正县的日本人公墓场，我要在那里陪伴客死异乡、孤苦长眠的胞兄赤坚村野。

您是研究东北沦陷十四年史的学者，也许只有您能理解我的罪恶感和痛苦心境。我的遗愿只能由老妻川香美纪子来完成了，可她又身为日本人，语言不通，年老力衰，更不熟悉中国的情况。所以我想到了您，并冒昧地恳请您帮忙。请千万不要拒绝我这个垂死之人的请求，我只能以这种赎罪、谢罪的方式求得良心的安适了。

我是在遭受癌痛折磨的病榻上，把自己在昭和十三年至昭和十九年间，在中国山西安邑犯下的罪孽记录下来的。现转交给您，算是我对您上次采访的后复吧。愿这些难以在日本公开的军国主义发动侵略战争的罪恶事实，能够在中国面世。是那场罪恶的侵略战争让我丧失了人性，失去了人格，失去了尊严，沦落成杀人魔鬼……日本和中国一定不要再战！决不可以再战啊！

请接受一个将死罪人的最后托付、感念和谢礼吧。

赤坚柏仓稽首

原本善良

在开往山西太原的列车上，我同川香美纪子包乘了一间软卧包厢。在近28小时的行程中，那个罩着白绢装着赤坚柏仓骨灰的陶罐一直摆放在小桌板上，我们在其旁边搁置了一束橙黄色菊花。

原来，赤坚柏仓的家世是很贫苦悲惨的。他父亲原在日本邮政省做一个技术小吏。1918年和1920年，赤坚村野和赤坚柏仓相继于川崎降生，可其母在他们幼年时就病殁了。父亲一人既当爹又当妈，饱经忧患、含辛茹苦地把他俩拉扯长大。生活尽管拮据，但父亲还是尽其所能让他俩读了几年学堂。如果没有后来的战争，赤坚柏仓和哥哥一定都会有个美好的未来。

1937 年 7 月，在对中国发动了全面侵略战争后，日本在国内实行了全民总动员，征兵令一到，凡适龄男子都得去当兵打仗。为了不都战死，哥哥去了开拓团——移民到中国满洲依兰县境内屯垦，赤坚柏仓则服兵役开赴中国作战。

1945 年 8 月，日本战败后，被日本政府和关东军抛弃的数万名开拓团难民，开始了在中国东北土地上的大逃亡。途中开拓团难民纷纷毙命，死亡人数超过了 5000 人。赤坚村野也在那时死去了，后被葬于中国政府专门修建的"日本人公墓"。

赤坚柏仓被征召入伍后，编入隶属陆军 20 师团的骑兵联队，在接受短期训练后，开赴中国山西安邑一带驻扎。在那里，他犯下了不可饶恕的罪行。日本战败后，赤坚柏仓被收入太原战犯管理所。在那里他受到了很好的教育和改造，找回了迷失的自我，于 1956 年被免罪释放。

赤坚柏仓回国时，其孤独的父亲已故去。无家可归的他，在地方政府谋了一个职位，才算安顿下来，一直到退休。他 42 岁才娶妻生子，过上了正常人的生活。晚年虽不富裕，可有儿孙寄托，也算美满幸福。然而好景不长，2007 年 12 月，他儿子一家人在去九州岛的途中出车祸全部遇难。这对赤坚柏仓是个毁灭性打击，他一下子病倒了。不久，他被查出了患有肝癌，已到晚期……

"我的丈夫回到日本后，一直生活在精神黑夜里。他有严重的失眠症，夜夜用药物助眠，即便睡着了也常噩梦相伴，总梦到那些被他残杀的中国人向他寻仇索命。他无论醒着还是睡着，都摆脱不掉犯罪感，心绪不宁……临终前，他老泪纵横地哀求我，一定要把他的骨灰送到中国厝葬，他要用惩罚自己灵魂的办法赎罪、谢罪。"

滴血罪述

途经太原，我们转乘长途客车即刻奔往已更名为"夏县"的古城安邑，抵达安邑后，又选定到县南端的庙前镇落脚。一切安顿停当时，已是残阳如血的黄昏。

傍晚，我只身去镇上勘察可以撒赤坚柏仓骨灰的适合场地。在一位热心老汉的指引下，我在镇里的集市长街转角处找到了贩卖牲畜的贸易市场。

第二天上午，我带领川香美纪子去那里进行现场查看，商定行动方案。可光天化日之下人流不断，岂可妄行不体面之举。我们只得撤回旅馆待机行事。

也是天公作美，中午时分天空布满了云翳，很快下起了大雨。我和川香美纪子立即把骨灰悄悄带出旅馆，趁着雨急人稀的当口，把赤坚柏仓的骨灰扬撒到牲畜交易场地上。那骨灰很快被雨水润湿，和入泥水中，又淌入泥淖里。实施这一切的过程中，川香美纪子在不停地悲祷着。

回到旅馆时，我们都被淋得透湿，但因了却了赤坚柏仓的遗愿，心里都有着难以名状的释然和慰藉。我翻开了赤坚柏仓的"悔罪实录"。这是一本写得很凌乱很琐碎的回忆散记，看得出，赤坚柏仓当时的记忆是跳跃无序的。在这里，我只能跳跃性地摘录几段，以昭证赤坚柏仓不堪的心迹：

昭和十三年，我唱着军歌来到了中国山西安邑，在这里度过了6年恶魔生涯。那首军歌我至今还清楚记得："越过高山，尸横遍野；越过海洋，尸浮海面；为天皇而死，视死如归！"那时，我不觉得歌词残酷露骨，反而感到充满豪情斗志。因为在国内接受军国主义教育时，教官说：我们大日本是世界优等民族，中国人是低等民族。所以，我们这些日本军国主义士兵一踏上中国土地，就对中国人有着蔑视态度和征服感。

最初杀人时，我们都很害怕，总是刺不中。大举实施暴行后，我们就把村民绑到树干上，然后在枪上装上刺刀，大叫着"呀——"冲上去，"噗"地刺入村民胸膛里。谁刺得中，谁就获得好成绩，受表扬。开始时，我睡不着觉，杀了一个又一个人后，就慢慢习惯了。那时，谁杀的中国人越多，谁的战绩就越好，大家展开了疯狂竞赛。杀人多的，军衔也跟着晋升。这就是大日本帝国天皇军队的荣耀。那时，我们都很兴奋，见到中国人，不论干什么的，统统杀掉……

我们进入村庄后，就实行抢光、杀光、烧光，对于女人更是残酷施暴……

这一幕幕惨绝人寰、令人发指的杀戮中国无辜百姓的血腥场面，让我感到浑身发冷、战栗、恶心、震怒！我对赤坚柏仓的感觉和印象模糊、复杂起来。恨吗？当然恨！他毕竟是一个欠下了无数中国人血债的罪犯，可让他走到这一步的真正祸首是谁呢？

落樱萧萧

最后一站，我和川香美纪子在黑龙江省方正县"日本人公墓"顺利完成了赤坚柏仓的遗愿。至于细节，我不想赘述，倒是很想将在这里意外听到的感人故事作一表述：

1963 年，我国政府为缓和中日两国关系，促进恢复中日邦交正常化，在经济十分困难的情况下，由周恩来总理特批，国家斥巨资，在这里为那些死去的日本开拓团难民修建了一座国内仅有的"日本人公墓"。

1945 年日本战败后，有 4000 余名日本遗孤被困留在难民收容所里。这些弱小的生命是日本移民中的特殊群体，他们陆陆续续被饱受战乱之苦、生活积贫积弱的方正县平民百姓收养。

在一对对善良仁慈的中国养父母的呵护下，这些遗孤不仅健康地活了下来，还都读书、立业、成家，有了自己的归宿。中日邦交正常化后，大多数日本遗孤及他们的后代陆续回到日本。可是，大多中国养父母不愿随养子女同去日本生活，这就让方正县的日本遗孤们不得不经受人生的第二次"骨肉分离"——

1946 年春，5 岁的日本遗孤远藤勇在生命垂危之际，被方正人刘振全、吕桂云夫妇从难民收容所里领养。两位普通的农民为了抚养他，终年早出晚归辛勤劳作，倾注了全部心血，供远藤勇读完大学，又帮其成家立业。1974 年，远藤勇携妻儿回到日本定居。此后，他每年都要回中国两三趟省亲，春节是一定要回来同养父母过团圆年的。养父养母临终时，远藤勇都陪守在他们身边。

远藤勇在日本经营的公司收入增多后，只要闻知方正县有困难，就会尽己所能来报答第二故乡。1995 年他捐款 1 万美金，给方正县一中建了物理、化学、生物实验室；大兴安岭地区和方正县发生洪灾后，他捐出 2000 多万日元赈灾……为了报答中国养父母的恩德，他于 1995 年捐资在"日本人公墓"旁建起了"中国养父母公墓"。他把养父母的骨灰安葬在墓园里，在墓碑正面刻上"中国养父母公墓"，墓碑后面刻下了"养育之恩，永世不忘。日本战后遗孤敬立"。

尾　声

离别前，我和川香美纪子再度来到了 1995 年已更名为"中日友好园林"的日本人公墓园。在参观和拜谒了纪念馆、和平友好纪念碑等建筑物后，我们来到已长成参天大树的杨树林中，漫步在遮天蔽日的绿荫下。有清风阵阵吹过，树叶发出动听的沙沙声，仿佛是在喁喁地向我们讲述着什么。

在葱郁挺翠的丁香花丛畔，在 20 世纪 60 年代从日本移栽来的高大樱花树下，川香美纪子无言地捧起含有落叶的泥土，缓缓包到手帕里，慢慢装入箱包中。她要把这凝聚着特别意义的泥土带回日本故里。做这一切时，她那布满沟壑的面颊上滚下大颗泪滴……

那些扎根在这里的丁香花，年年春天盎然喷吐着芬芳，激昂讴歌、赞美着和平幸福的生活。

而那些于半个世纪前漂洋过海植根于这里，凄然陪伴着数千名日本亡灵的樱花树，岁岁年年吐艳、落英，又在昭示着什么呢？

（摘自《读者》2011 年第 10 期）

在成都双流机场进出不下百次，张平宜没去过都江堰、九寨沟。10 余年来，她的目的地只有一个——四川凉山彝族自治州越西县大营盘。在这个外界曾经闻之色变的麻风村，台湾女子张平宜默默耕耘，帮助众多孩子接受教育、走入社会。

曾被怀疑是台湾特务

凉山州有十几个乡村早年作为麻风病患的隔离聚居地，大营盘是其中之一。由于外界的误解，多年来，村民们出村买油盐都会遭到辱骂，很多孩子更没机会读书或早早辍学。沙马第一次上学，只上了几天，"他们都说我爷爷得了那个病，我不喜欢被人说来说去。"

1999 年，台湾女记者张平宜随国际组织到云南、四川等地麻风村调查。

作为两个孩子的母亲，麻风村目不识丁的孩子深深刺痛了她的心。她决心帮助他们上学读书，走出封闭，回归社会。

圣诞节前夜，在台北一个教堂门口，冷风中的张平宜，拿朋友送给她的漂亮蜡烛筹款，站了一晚都没开张；第二天再出发，也只卖了一份蜡烛。她的执着感动了同事和朋友。在他们的帮助下，邀集明星助阵，一个晚上义卖了60万元新台币。还有一些朋友送来库存商品，"电蚊拍、洗发水……捐什么我就卖什么。"张平宜说，"头一两年，我躬背哈腰，到处募款，发疯似的卖蜡烛、卖书，度过了一段食不知味、夜不成眠的疲累岁月。"

更让张平宜难过的是，夹在特殊的两岸关系中，她曾遭到很多莫名其妙的误解。10余年前，少有台湾人到大凉山，越西县台办一度只为她一个人服务。张平宜的频繁出入，曾被怀疑有特殊目的，为此她自嘲是"麻风特务一号"。

2002年，张平宜募集到30万元人民币的善款，将大营盘小学原有的两间破旧平房，改建成6间教室及生活用房，新学校为大营盘的孩子掀开了新的一页：15岁的拉且卖掉了16只羊，他说"我不要放羊，我要读书"；14岁的药布兴奋得一夜没睡，吵着要去上学；已经是孩子爸爸的布都辍学8年，重返校园……

这之后，她辞职在台湾成立了"中华希望之翼服务协会"。

"凶悍"的抢孩子大战

新学校开办免费营养午餐，最初看到小孩子一顿可以吃下4碗米饭，张平宜潜然泪下。

在大营盘，张平宜以"凶悍"闻名。

大营盘很多家长没读过书，他们觉得孩子会写名字就可以了，村里十七八岁结婚十分常见。一名四年级的女生，父母想让她退学结婚，张平宜严正地告诉他们，如果不让孩子读完小学，就要把 4 年来所有生活补助都退回来。对另一名要退学结婚的六年级学生，张平宜"威胁"他父母，如果不让他参加毕业考试，不但要赔 6 年的生活费，甚至要向公安局举报他们"信奉邪教"。稀奇古怪的"狠招"每每见效，两个孩子都留在了学校。

2005 年，大营盘小学终于迎来了建校 19 年的第一届毕业生。当孩子们欢欢喜喜拍摄毕业照时，张平宜又为这些 20 岁左右的小学毕业生的前途忧心。2008 年，张平宜利用弟弟在青岛投资的公司，开办了"希望之翼学苑"，为初中毕业的麻风村孩子提供为期两年的培训机会。为了孩子，她没少和弟弟吵架。

近年来，张平宜更多的是在和辍学打工风潮"抢"孩子。2008 年寒假，初二的沙马一时性起，随老乡到湖北打工。张平宜听说后，千方百计找到他的电话，把他骂了一通，又立即寄去 700 元路费让他回来上学。正读初二的阿沙说，初一时他还没来得及行动，"便被张阿姨发现、狠狠说了一通，打消了退学打工的念头"。对孩子们，张平宜最常用的"威胁"是：如果不坚持读书，就"再也不要见张阿姨"。这句看去无力的"狠话"却甚有效，"得到我的祝福对他们很重要"，张平宜开心地说。

让孩子们洗个热水澡

63 岁的马海阿果曾是麻风病人，他坦承自己"有点怕"张平宜，但又很赞赏："没这态度不行，都是好人做不成事。"

2005 年，张平宜参加了一项圆梦计划，赢得 170 万元新台币，加上其他善款，她要将学校再扩大。扩建工程困难重重，她与相关部门交涉、与村民吵架，她的"凶悍"再次派上用场。在她的努力下，学校最终扩建成一栋教学楼、一栋宿舍楼，成为拥有篮球场、乒乓球桌的美丽校园。

张平宜有时简直异想天开。水，一直是大营盘小学最大困扰之一，从十几公里外引来的水，经常因为水管被踩断而断水，要靠高年级学生走一两公里提水，食堂才能不断炊。2005年就建好的宿舍楼，自来水管直到2009年12月才流出水来。张平宜却坚持投资十几万元人民币，建了一个太阳能浴室，让孩子们能洗个痛快的热水澡。此举就连大营盘小学最早的老师王文福也不能理解。但是，现在的大营盘，有牙刷的家庭一定有小学生。看到学生宿舍里叠成豆腐块的被子，摆得整整齐齐的牙具、脸盆，才能体会到这所学校带来的无声变革。

张平宜不爱应酬，没有在当地交下权贵显要的朋友。但是走在大营盘，她常会遇到一些老妇人，用生硬的汉语说："你好，张阿姨。"虽然张平宜对此有点恼火："我有这么老吗？"但村里人对她确实是"下自成蹊"。

2006年张平宜过生日时，本来没声张，不知怎么搞的，消息不胫而走。当天她共收到130多个鸡蛋、鸭蛋和5只鸡，还收到汽水、饼干、啤酒和鞭炮。村民家有喜事杀了牛，会把最好的部位送给她，用自己的方式表达心中的感激。

23岁的铁石最遗憾自己没能上学读书，但是他的两个弟弟都在大营盘小学毕业，现在分别在读职高和初中。"是张阿姨改变了我们的命运，这感谢一辈子都说不完。"

（摘自《读者》2011年第12期）

金庸的书好看，我是知道的。

我的书有人爱看，我是知道的。

我的读者没有金庸的读者多，我也是知道的。

金庸是个天才。

大约在 2005 年，香港、深圳和南阳三地联合拍摄了我和金庸先生的对话。

那次论坛选址在深圳，是有原因的。南阳离沿海城市较远，对话的社会效果不易张扬。金庸先生已逾八旬，不宜远道前来河南；我则身体不佳，到香港又觉得太远。最后，在中间路上选了深圳。

会面时，我谈到喜欢读金庸的书。金庸先生客气，说喜欢阅读我的"康、雍、乾系列"历史小说。我又讲金庸先生的书也有我不太喜欢的，如《雪山飞狐》《碧血剑》。我也坦陈了我的看法：金庸先生是天才。

我说他是天才，并非是在这里逢场作戏，这是我的真心话。

中国的武侠文学，如果追着根去找，可以追到《史记》里的《游侠列传》。该列传可以看作是武侠小说门类中的纪实文学作品。也可以说，从西汉时，中国的武侠和游侠已经走进了社会。这个时期过后，便产生了"红线女""风尘三侠""柳毅传书"等江湖侠义传奇，这又是一个漫长的历史时期。到了明清时期，尤其到了清代，继冯梦龙的"三言二拍"之后，又出现了《彭公案》《施公案》之类的市民传本小说，却也是侠义小说。到《三侠五义》，可以说是达到了侠义小说的顶峰。

这么说来，要好几百年，侠义小说才能完成一个轮回，进入一个新的境界，才可能产生一种质的变化。

如《红线女》等作品，表现的是当时作家头脑中为伸张正义而不计后果、不虑私利的社会意识。为弱者申诉、为受辱者呼吁，通过杀伐决斗昭示社会对正义的渴望与诉求，到了明清时期，这与西方的骑士小说有某种相通的地方。西方的游侠身处冷兵器时代，一群或某个拥有搏击实力的人保护一位公主、美女、显赫家族的落魄淑女……种种如是。在中国，同样是类似的冷兵器高手，却单人或联众护佑一位肯为弱势群体或求告无门的底层平民伸张曲直、辩白冤诬的廉洁敢为的官员。而从文学艺术史的角度讲，东西方这两群人相继出现在人类社会的不同地域，似乎连"商量""约定"的联系也没有。

从明清小说开始，中国的武侠几百年来没有什么质的变化。

但到了现代，又出现了金庸、古龙、梁羽生等作家的武侠小说，金庸毋庸置疑是主将之一。他们数年之间便风靡全国，让武侠小说普及到平民家庭，成为青少年喜爱的文学体裁，这里头金庸先生的作用是不可低估的。20 世纪末，金庸的影响力，可以说是全民性的。在中国的读者群体中，金庸的小说既涵盖高层领导，也吸引引车卖浆为生的贩夫走卒，从大学生到小学生，几乎一谈起武侠小说，共同的话题便是金庸、古龙、梁羽生这几位作家。

　　我称金庸先生是天才，就是这个原因。这些以金庸为代表的新武侠小说大师彻底摆脱了侠客保卫清官的旧套路，在武侠中注入了人文性。他们捍卫的不再是哪个人，而是一种理念，人性理念。除了追求人与人之间的平等、和平与爱，他们的武侠还涉及一些我们传统旧武侠中所没有、所忽略的社会问题。但捍卫人性自由、追求平等意识，恐怕是社会共同的阅读需求。

　　从西汉游侠开始到唐人传奇，到明清武侠，再到当代，几百年才发生一次质的变革，我没有理由不认为金庸是个天才。而天才，我们无法指定或要求上天必须每多少年赐予我们一个。因此我还要说：我不指望上天在一百年内，还能再给我们一个"金庸"。

　　在我和金庸谈话时，金庸问我，最爱读的是他的哪一部小说，我说是《神雕侠侣》。他又问："为什么呢？"我当即答："杨过本身是一个无依无靠、无后援的苦孩子，生活在郭靖、黄蓉家，郭、黄也不是坏人，但郭家就是不能容纳杨过。师母提防他，师姐很骄傲，师弟也欺负他，郭靖无奈，只好送杨过到终南山。终南山的道士们又与杨过过不去，逼来逼去，将杨过逼到古墓中，还不肯罢手，必欲将其置之死地而后快。杨过就这样漂泊江湖，与各种人打交道，学了一身本领，又来报答郭靖等人，并百死不悔地爱着小龙女。那么多的好人伙同坏人共同与杨过为敌，原因只有一个，杨过的父亲杨康不是好人！杨过越受欺负，本领越大，终于压倒众人，成了战无不胜的英雄，故事的哲理性始终在书中等待读者领悟，成了牵引众多读者的暗存主线，好就好在这里。"

　　郑渊洁先生也到过我家，他问了一个同样的问题，我回答说："就是你写的那两只小老鼠的故事，仅仅因为一出生就是只老鼠，便遭受社会和人类的歧视，这不是一个普遍性的问题吗？一个人如果在现实中无望，你教他怎么办？那就到童话里去寻觅力量吧。"

　　金庸的书不是被称作"大人的童话"吗？读者于是蜂拥而至，形成了这样浩大的势态。

人哪，渴望什么就会拥有什么样的许愿与承诺。

作为作家，岂可不勉之哉!

（摘自《读者》2017 年第 21 期）

沙发客的环球之旅

李蕊娟

许多人都怀揣着一个环游世界的梦想，只因囊中羞涩，美梦难圆。如今，"跨国沙发客"想出了四海一家的妙招：你到异国旅行时免费睡他家的沙发，并在这张"活地图"的引领下尽情享受当地的美食和美景；他到中国游玩时睡你家的空闲沙发……双方既节省了大笔餐宿费，还能轻松融入异国家庭，体验美妙的"深度游"！作为这个时尚族中的一员，女孩儿尚婕用最少的Money孤身游历 26 国，一路收获了惊喜与感动、友谊和爱情……

学做沙发客

尚婕是一个合肥女孩儿，后随家人迁入北京定居，她的梦想是做一个踏遍全球 224 国的勇敢女孩儿，让人生变得丰盈多姿。

2006 年 8 月，尚婕去了向往已久的意大利。因崇尚自由，讨厌旅行团那种固定的几日游，她便以背包客的身份独自出现在罗马街头。但由于英文欠佳，又不了解当地的风土人情和景点分布情况，她的第一次异域之旅并不顺利：线路安排不合理，浪费了不少时间和金钱；英语发音不标准，和老外交流起来有些吃力。最令她心疼的是，在欧洲酒店下榻每晚都要花费上百欧元，折合成人民币就是 1000 元左右！再加上往返机票和就餐、游玩费用，意大利一游，足足花掉了她半年多的积蓄，留下的记忆却是一塌糊涂。

　　2007 年初，一位女友开心地对尚婕说，她前不久加入了"跨国沙发客"俱乐部，并有了一次完美的出国体验经历，听得尚婕满头雾水。女友解释说，"跨国沙发客"就是两个不同国家的人，通过"沙发客俱乐部"这一网络平台相识，然后你到对方所在的国家或城市旅游时睡他家的沙发，免费享受最贴心的导游服务，吃最地道的当地美食，甚至可以像老朋友一样用他的车子和电视；对方到中国旅行时睡你家沙发，你也尽到地主之谊。"当然，'沙发'在这里只是一个符号，也许大洋彼岸等待你的是一张温馨的大床呢！最棒的是，对方不仅是旅游活地图和当地文化的引领者，更有可能是一个与你相见甚欢的知音。"

　　"门庭大开地迎接一个异国陌生人，会不会有危险呢？"尚婕不放心地问。女友笑了，说沙发客网站对每一个会员都有信誉评估方法，一旦你的负面留言很多或评分太差，就会被管理者"驱逐出镜"，并载入黑名单。"这家俱乐部的会员多达 62 万人，大家来自遍及全球的 36000 多个城市，谁愿意在这里损毁自己的声誉呢？"

　　听了女友的介绍，她再也按捺不住一颗激动的心，当即在由几位美国旅行家创建的"沙发客俱乐部"网站上，注册成实名制会员。在个人档案里，她这样图文并茂地描述自己——一个钟情远游和音乐的 25 岁北京女孩，性格爽朗，待人坦诚，语言风趣，目前最想去的地方是越南，希望能受到该国"沙发友"的接待。

　　令尚婕惊喜的是，一个月不到，她就接到 5 份来自越南沙发客的邀请。

其中一位西贡女孩发来的邮件深深吸引了她："我和你有着相仿的年龄和爱好，并到中国旅行过，很喜欢那里的一切。我是一名橱窗设计师，目前休假在家，时间和住房一样宽裕，来吧朋友，我在杜拉斯笔下最美的湄公河畔等你。"俩人视频聊过几次之后，尚婕便将小店交给表妹打理，怀着莫名的兴奋奔向了西贡。

潮人初体验

到越南那天，前来接机的阮丽卿身着那种名叫"傲雅"的国服——雪白的紧身长衫配湖蓝色长绸裤，当她微笑着朝尚婕走来时，就像一枝飘动在热带丛林中的水莲花。尚婕把一件苏绣披肩作为见面礼送给她时，女孩高兴极了。

来到阮丽卿位于西贡市南郊的家，尚婕发现这是一幢精致的二层小楼，其中一间卧室已经被主人收拾得书香雅静，当获知这间房正是为自己准备的，尚婕又惊又喜，庆幸第一次体验"沙发游"，就睡上了舒适的床铺。更让她受宠若惊的是，当晚主人还亲自下厨，用牛肉河粉、春卷、虾饼、烤鱿鱼等越南美味招待她。品尝着丰盛的菜肴，听着楼下小河里的淙淙流水声，尚婕和她的"地主姐姐"频频举杯……那一刻，身在异国的她心里升起了暖暖的感动。

因对"地主姐姐"的盛情款待极为满意，从越南归国后，尚婕做的第一件事就是到沙发客网站上给阮丽卿好评，让她多了一个信誉星级。此后两人也成了好姐妹，经常在网上交流旅游心得。

2007年12月，尚婕心血来潮地想和某个西方家庭共度圣诞节，体会原汁原味的洋节氛围和当地风情。不料，她刚把自己的想法贴到沙发客网站上，很快就接到了几十份邀请函，热情好客的主人包括英国的教师、德国的工人、瑞士老板和挪威白领……经过一番筛选，尚婕决定与那个四世同堂的挪威家庭共度节日。

当月 23 号，尚婕在挪威见到了 35 岁的沙发客东尼奥以及他的家人。由于当地人对中国充满好奇，25 号晚上，东尼奥特意找来许多亲友陪尚婕共度圣诞夜。

20 多人参加的圣诞晚会热闹非凡，尚婕特意为大家烧了拿手的中国菜助兴。过完圣诞节，尚婕开始游历挪威。一周后，尚婕又转移到了邻国瑞典，在哥德堡市，已经有位名叫莎娜的"跨国沙发客"在如约等她。尚婕和莎娜的互动非常好，尽管由于人多房小，她真的睡在了主人家的客厅沙发上，但她和莎娜交换食谱，谈感情说旅游，相见恨晚。

轮流做"地主"

本是地球那端的陌生人，却如亲友般热情接待远游的你，这怎能不令人感动呢？尚婕说，唯一的回报方式就是在国内多接待别的跨国漫游客。

2008 年 8 月，终于轮到尚婕在北京当"地主"了，第一次在家接待别人，她显得很兴奋。这是一位名叫凯茜的伦敦女孩，她本来在泰国旅游，后来决定从曼谷出发，骑自行车穿越泰国、老挝、越南，到北京来看奥运会。还在路上的时候，她就迫不及待地给尚婕发邮件，谈论自己精彩的旅途经历。

尚婕早早就把自家的书房收拾得干干净净，还在床头柜上的花瓶里插了几枝芬芳的百合，这就是凯茜在北京的闺房了！几天后，凯茜如约抵京，还专程从泰国给她带来了小礼物。在陪凯茜观看奥运赛事之余，尚婕领着她登长城、游故宫、爬香山、泛舟颐和园，吃全聚德烤鸭、老谭家私房菜……这一切都让英国女孩眼界大开。

2009 年初，尚婕接待了来自法国的沙发客乔恩。27 岁的他高大俊朗，那双湖水般明澈的蓝眼睛十分迷人。大学毕业后，他一边写作一边周游世界，走过许多国家，出了 5 本游记，在家乡颇有名气。游玩京城之余，乔恩和尚婕喜欢待在家里聊文学、音乐、旅游，以及各自的人生经历，似乎总有说不完的话。他还耐心地教女孩研磨咖啡、跳拉丁舞、弹钢琴，并能惟妙惟肖地模仿卓别林，逗尚婕开心！多才多艺的乔恩，给女孩带来了前所未有的快乐。

或许正因如此，他们相互吸引又彼此倾慕，加之两人都有环游世界的理想，尚婕和乔恩的关系渐渐从朋友发展为情侣，他们时常手牵着手，出现在北京一些老胡同里，或什刹海的绮丽风景中……

两年多来，尚婕孤身游历了26个国家和地区，履历中写满了异域风景和独特见闻，并结识了许多老外朋友。比起传统的自助游，她这个跨国沙发客节约了10多万元的旅资呢！

"这个发明太伟大了，它让不同国家的人住到了一个屋檐下，感受着地球村的别样温情，以及深入交流的快乐，既丰富又充满人情味儿！"尚婕幸福地说，她和男友很快又要出游了，这次是去神秘的尼泊尔，接待他们的"地主"也是一对情侣。在那个美丽的佛国，女孩又会收获怎样的惊喜和快乐呢？尚婕深有感触地说："每一段旅程，其实都是人生中的一次惊喜。"

（摘自《读者》2010年第1期）

梭罗河畔

蔡 怡

正在替父亲洗脸、梳头的印尼看护阿蒂迎着朝阳轻轻哼着歌。她矮小的身材、甜美的歌声，以及脸上柔和的线条，搭配父亲那满头银发与憨憨的笑容，刻画出一幅让我心醉的祖孙图。

她这旋律似曾听过，不就是早已翻译成中文的《梭罗河畔》吗？

"梭罗河畔，月色正朦胧，无论离你多远，总令人颠倒魂梦……"印尼人一定是有音乐细胞和语言天分的，不然，为什么来台湾的看护只不过接受了短期训练，就个个都能讲上一口流利的中文？

记得第一天去中介公司，接来自东爪哇省的不到四十岁的阿蒂。我忧心忡忡地问中介人："照顾失智的病人很费神，她会不会中途逃跑？"中介人还未回答，阿蒂马上睁着她那双乌黑的大眼睛，抢先回答："太太，我是来好好工作赚钱的，不会逃跑！"她的中文四声虽不够标准，但已足够让我感受到她那颗认真、诚实的心。

失智的父亲找不到回家的路，不记得任何家人的电话号码，却常常想往外跑。我找出一本当年父亲、母亲去教会时常用的诗歌本，让父亲在家唱歌打发时间。

诗歌本里满满都是父亲当年的笔迹，但他已完全认不出自己的记号。而母亲已住进天国，我无人可问，只有猜想那打着三颗星号的《荣耀主》，八成是父亲当年很会唱的一首赞美诗。于是我就自己按着简谱练练看，没想到才唱几遍，呆坐在一旁的父亲便开始有反应了。他还记得曲调！我赶紧把歌本放在他眼前，让他看着歌词一起唱。

唱着唱着，正在厨房里忙碌的阿蒂，竟然也跟着哼起来，而且音调很准。我兴奋无比地跑进厨房："阿蒂，你好神奇！听两遍就会唱，以后我不在家时，你可以陪爷爷唱啰！"

阿蒂微笑着，说："太太，你要教我歌词，我会用印尼拼音拼出发音来。"

从此以后，经常在我急着要出门时，阿蒂会追出来问："太太，你昨天和爷爷唱的新歌还没教我呢，待会儿我怎么陪爷爷唱？这样爷爷会很无聊噢！"

主人不在家，看护不是正好可以少做点事，轻松一下吗？她怎么还追出来讨工作？原本只是为工作赚钱的阿蒂，越来越真心关爱父亲了。我感动得抱着阿蒂说："谢谢你，等我办完事回家后，第一件事就教你。"

诗歌唱多了，我开始回忆学生时代音乐课上的歌，猜想父亲应该都听过，总会有些印象。于是，我搬出《满江红》《苏武牧羊》这些好久都没人再唱的古调。没想到父亲的脑细胞虽然逐渐死亡，但在每天饭后一小时的反复练习下，居然也能朗朗上口，真是意外的收获。

只是看着皮肤黝黑的阿蒂，陪坐在父亲身旁，拿着她的笔记本，佶屈聱牙地唱"喝印雪，鸡炖蛋……"时，我总忍不住红着眼眶，激动地拿起照相机，捕捉我要恒久珍藏、让我不可忘恩的镜头。

最令我笑中带泪的是已分不清中国人、外国人的父亲，指着"时听胡笳，入耳心痛酸"几个汉字，诧异地问阿蒂："你不是中国人吗？为什么都念不对?"

每天下午,阿蒂把睡醒午觉、吃过点心,坐在轮椅上嘴里哼个不停的父亲推出去兜风、晒太阳。每次回来,她总是把头抬得高高的,无限骄傲地说:"全公园的人都说我照顾的爷爷最干净、最漂亮、最会唱歌!"

不过,他俩每次出门不到十五分钟一定回家,因为阿蒂说:"爷爷不喜欢我和别人聊天,只要我注意着他。"当所有的看护都在和同胞叙乡情时,阿蒂却为了父亲毫不考虑自己。

纵使阿蒂用心照顾,两年多后,父亲还是出现各种状况。如每到开饭时,他就开始找各种理由,如"我不饿""我没钱"来逃避同桌吃饭。阿蒂很纳闷,也很焦虑,找我商量变换各种座位方式,到最后我才恍然大悟,父亲早已忘记怎么使用碗筷吃饭。他为了遮掩被喂食的尴尬,宁可不吃。

我思索了好久才想出办法,安排他个人的吃饭时间与独享菜单,如包子、馅饼、鳕鱼堡,让他可以像两三岁的小娃娃,直接用双手拿着,大口大口吃,这样他既可以享受美食,又不必担心形象。

和我一起躲在厨房观察的阿蒂,看着父亲吃得津津有味,纠结的心终于放下了。她脱口而出:"假如爷爷没有你这样的女儿,该怎么办呢?"我拉着阿蒂的手,诚挚地说:"假如爸爸没有阿蒂,我才真不知道该怎么办呢!"

处处有阿蒂帮忙的三年时光,在不知不觉中度过。一天,我接到劳工主管部门有如晴天霹雳的通知,阿蒂的回国时间已到,而且永远不能再回台湾。

在照顾失智父亲的漫长岁月中,我是一条在惊涛骇浪中失去方向的小船,正在横渡暗无天日的茫茫大海。而阿蒂是我在挣扎中唯一协助我向前的灯塔,我怎能失去她?阿蒂走后,虽然有位新护工来代替,但她的态度大不相同。父亲不能接受,他天天躲在床上昏睡,逃避护工。

第二个星期,时空错乱的父亲以为阿蒂只是出去买菜,一会儿就回来,就坚持坐在客厅的轮椅上,不吃不喝,静静地等,一直等到夜幕低垂……到第三个星期的某一天,父亲忽然用尽全身力气从轮椅上站了起来,吓得我一个箭步上前搀住他。没想到，他力气大得惊人，拖着我往厨房移动。进了厨房后，他焦虑地东张西望，然后一瘸一拐地走到阿蒂曾住过的房间，望着那空荡荡的床，呆立良久……然后，他慢慢转过身来，像迷路的小孩，惶恐地拉着我的手，用完全不认识我的口气恳求："小姐，你……你认识我的家人吗？求你送我回家！求你！"

我紧紧搂住父亲，任由眼泪不停地流淌，阿蒂那如天使般的歌声在耳边回响。

（摘自《读者》2018 年第 24 期）

自得其乐

汪曾祺

　　体力充沛，材料凑手，做几个菜，是很有意思的。做菜，必须自己去买菜。提个菜筐，逛逛菜市，比空着手遛弯儿要"好白相"。到一个新地方，我不爱逛百货商场，却爱逛菜市，菜市更有生活气息一些。买菜的过程，也是构思的过程。想炒一盘雪里蕻冬笋，菜市场冬笋卖完了，却有新到的荷兰豆，只好临时"改戏"。做菜，也是一种轻量的运动。洗菜，切菜，炒菜，都得站着（没有人坐着炒菜的），这样成天伏案的人可以改换一下身体的姿势，是有好处的。

　　做菜待客，须看对象。聂华苓和保罗·安格尔夫妇到北京来，中国作协不知是哪一位，忽发奇想，在宴请几次后，让我在家里做几个菜招待他们，说是这样别致一点。我给做了几道菜，其中有一道煮干丝是淮扬菜。华苓是湖北人，年轻时是吃过这道菜的，但在美国不易吃到。她吃得非常惬意，连最后剩的一点汤都端起碗来喝掉了。不是这道菜如何稀罕，我只是有意逗引她的故国乡情耳。台湾女作家陈怡真（我在美国认识的她）到北京来，指名要我给她做一回饭。我给她做了几个菜。一个是干烧小萝卜。我知道台湾没有"杨花萝卜"（只有白萝卜）。那几天正是北京小萝卜长得最足最嫩的时候。这个菜连我自己吃了都很惊诧：味道如此鲜甜！我还给她炒了一盘云南的干巴菌。台湾咋会有干巴菌呢？她吃了，还剩下一点，用一个塑料袋包起来，说带到宾馆去吃。如果我给云南人炒一盘干巴菌，给扬州人煮一碗干丝，那就成了鲁迅请曹靖华吃柿霜糖了。

做菜要实践。要多吃，多问，多看（看菜谱），多做。一个菜得试烧几回，才能掌握咸淡火候。冰糖肘子、乳腐肉，何时软烂入味，只有神而明之，但更重要的是要富于想象。想得到，才能做得出。我曾用家乡拌荠菜法凉拌菠菜。半大菠菜（太老太嫩都不行）入开水锅焯至断生，捞出，去根切碎，加入少许盐，挤去汁，与香干（北京无香干，以熏干代）细丁、虾米、蒜末、姜末一起，在盘中抟成宝塔状，上桌后淋以麻油、酱、醋，推倒拌匀。有余姚作家尝后，说是"很像马兰头"。这道菜成了我家待不速之客的应急保留节目。

有一道菜，堪称是我的发明：塞肉回锅油条。油条切段，寸半许长，肉馅剁成泥，加入细葱花、少量榨菜或酱瓜末拌匀，塞入油条段，入半开油锅重炸。嚼之酥碎，真可谓声动十里。

我很欣赏杨恽《报孙会宗书》中的诗："田彼南山，芜秽不治。种一顷豆，落而为萁。人生行乐耳，须富贵何时！""人生行乐耳，须富贵何时"，说得何等潇洒。不知道为什么，汉宣帝竟因此把他腰斩了，我一直想不透。这样的话，也不许说么？

（摘自《读者》2020年第10期）

童心百说

刘再复

对着稿纸，我于蒙眬中觉得自己书写的并非文字，一格一格只是生命。钱穆先生把生命分解为身生命与心生命，我抒写的正是幸存而再生的心生命。心生命的年龄可能很长，苏格拉底与荷马早就死了，但他们的心生命显然还在我的血脉里跳动着。此时许多魁梧的身躯还在行走，还在追逐，但心生命早已死了。都说灵魂比躯壳长久，可他们的躯壳还在，灵魂却已经死亡。不是死在老年时代，而是死在青年时代。心灵的夭亡肉眼看不见。我分明感到自己的心生命还在，还在的明证是孩提时代的脾气还在，那一双在田野与草圃间寻找青蛙与蜻蜓的好奇的眼睛还在。不错，眼睛并未苍老，直愣愣、滴溜溜地望着天空与大地，什么都想看看，什么都想知道。看了之后，该说就说，该笑就笑，该骂就骂，一声声依旧像故乡林间的蝉鸣。无论是夏的蝉鸣还是秋的蝉鸣，全是天籁。

常常想起《末代皇帝》中的最后一幕：溥仪临终前回到早已失去的皇

宫。经历过巨大沧桑之后的溥仪已经满头白发，然而，他的童年却在沧桑之后复活了。他最后一次来到无数人羡慕的金銮殿，此时，他没有伤感，没有失去帝国的悲哀，没有李后主的"流水落花春去也"的慨叹。他一步步走上阶梯，走近皇座，然而，他不是在眷恋当年的荣华富贵，而是俯身到皇座下去寻找他当年藏匿的蝈蝈笼子：笼子还在，蝈蝈还蹦跳着。这是他一生中最美好的瞬间，一切都已灰飞烟灭，唯有这点童趣还活着。小笼子里有蝈蝈，也有他自己。当别人在欣赏皇宫的时候，他——皇帝本人，却惦记着大自然母亲给予他的天真。这活生生蹦跳着的蝈蝈比镶满宝石的皇冠还美。一切都是幻象，唯有孩提时代的天趣是真实的。人生要终结了，一个帝国的皇帝最后的梦想不在天堂，而在藏匿于皇座下的蝈蝈笼子。小小的蝈蝈笼子，拆解了世俗世界的金字塔，拆解了权力与财富的全部荣耀。

秦朝的丞相李斯，原是上蔡的普通百姓，后来却登上朝堂，拥有天子之下最大的威权。他自己身居相位，几个儿子也跟着无比显赫，并且都娶秦公主为妻。当了三川郡守的大儿子回家省亲时，他大摆酒宴，朝廷百官争先恭贺，停在门前的车驾有千数之多。可是，在政治较量中，他因为败给赵高而落得腰斩咸阳的下场，死得很惨。临死之前，埋藏在他记忆深处的天真突然醒来，他对儿子说："我想跟你再牵着那条黄狗，同出上蔡东门去追野兔，还能办到吗？"他在人生的最后瞬间，才发现生命的欢乐并不在权势的峰顶上，而是在大自然的怀抱中。陪伴皇帝在宫廷里用尽心机，不如牵着家狗在原野上追逐野兔。李斯在死亡时刻，突然意识到生命最后的实在，可惜已经为时太晚。

丰子恺一辈子研究孩子，他说孩子的眼光是直线的，不会拐弯。艺术家的眼光如同孩子，但需要有一点弯曲。孩子眼里直射的光芒能穿透一切，包括铜墙铁壁。什么也瞒不住孩子的眼睛。安徒生笔下的孩子眼睛最明亮，唯有孩子，能看穿又敢道破皇帝的新衣乃是无，乃是空，乃是骗子的把戏。王公、贵族、学者、将军、官僚，他们的眼睛都瞎了，装瞎也是瞎。孩子在瞎子国里穿行，孩子在撒谎国里穿行，像太阳似的照出瞒和骗。一旦发现瞒和骗，孩子的眼睛鼓得圆滚滚，然后发呆，然后迷惘，然后惊叫，然后呐喊。我们要给孩子的眼睛以最深刻的信任。

贾宝玉含着那一块通灵宝玉，带着女娲时代那一双原始的眼睛来到了人间。玉石亮晶晶，眼睛亮晶晶，于是，眼睛看见朱门玉宇下生命一个一个死亡，钟灵毓秀一片一片破碎。那些最真最美的生命与权贵社会最不相宜，死得也最早。世界的老花眼，怎么也看不惯晴雯和林黛玉。

无端的摧残，无声的吞食，贾宝玉看见了；情的惨剧，爱的毁灭，贾宝玉看见了。世人的眼睛看见金满箱，银满箱，帛满箱；宝玉的眼睛却看见白茫茫，空荡荡，血淋淋。宝玉的眼睛直愣愣，满眼是大迷惘，满目是大荒凉。贾宝玉其实是个永远不开窍的混沌孩子。

一直记得英国作家赫胥黎的大困惑和他对世界所发出的提问：为什么？为什么人类的年龄在延长，而少男少女们的心灵却在提前硬化？为什么？为什么那么多少男少女刚走出校门心就已僵冷？为什么？为什么那么多年轻的孩子在动脉硬化前 40 年心就已麻木？这是为什么？为什么人类尚未苍老就失落了那一颗最可爱的童心？赫胥黎面对着的是人类生命史上最大的困惑。他写着写着，写出了《滑稽的环舞》，写出了《美丽新世界》。什么是美丽新世界？那是少男少女以及整个人类的童心不再硬化的世界，那是童心穿过童年、少年、青年而一直跳动到老年的世界。人们只想到动脉硬化、血管硬化，有多少人想到童心硬化、青春硬化、灵魂硬化呢？"童心不再硬化"，变成了诗人的梦与呼号。让我们回应这呼号。

斯皮尔伯格执导的电影《太阳帝国》是我最喜爱的影片之一。每次看完之后，都忘不了男主角，那个英国孩子 Jim。总是忘不了他那双迷惘的、困惑的、发呆的眼睛，以及战争结束后，那双躲藏在黑发间绝望的眼睛。

Jim 用孩子的眼睛看战争，看到的不是正义与非正义，而是整个世界的不幸，战争双方都不幸，失败者不幸，胜利者也不幸。而他自己——一个孩子，在战争中不仅失去了双亲，失去了欢乐，也失去了全部生活。战争中的世界没有路，战斗不得，逃亡不得，连投降也没人接受。他从小就做着的在蓝天翱翔的飞行梦，也被战争粉碎，尽管空中到处都是飞机。战争制造了大地的废墟，也制造了心灵的废墟。战后的 Jim，只剩下一双无言的、空洞的眼睛，眼里只剩下一片白茫茫。

童心像天天的日出，天天都有光明的提醒：不要忘记你从哪里来，不要忘记那个赤条条的自己。你不是功名的人质、欲望的俘虏；你不是机器的附件、广告的奴隶；你不是权力的花瓶、皇帝的臣子。你是你自己，你赋予自己成为自己的全部可能。你是山明水秀大地怀抱中的农家子，是高山、流水、田野和山花、山树、山鹰关系的总和，那才是你。

眼睛的进化是从动物的眼睛进化成人的眼睛，并非是从儿童的眼睛进化成老人的眼睛。努力保持一双孩子的眼睛，并非退化。孩子眼睛的早熟，使人悲哀。当我看到孩子疲倦的眼神时，总是惊讶；而看到他们苍老世故的眼神时，更是感到恐惧。我喜欢看到老人像孩子，害怕看到孩子像老人。

罗曼·罗兰笔下的约翰·克利斯朵夫，刚诞生时他的母亲就对他说了这么一句话："你多么丑，我又多么爱你。"不管孩子有多少缺陷，但对孩子的信赖不可改变：开始于生命的第一页，而无最后一页。

（摘自《读者》2012 年第 15 期）

人性的光辉

傅绍万

明代有两大弊政，一是皇帝死后，宫妃殉葬；二是倚重内侍，太监为恶。

先说人殉。史载，太祖死后，四十六妃殉葬孝陵，另殉宫女十数人；成祖十六妃殉葬长陵；仁宗殉五妃；宣宗殉十妃。不但皇帝死后宫妃殉葬，诸王也有殉葬制。宫妃殉葬之日，哭声震殿阁，惨不忍睹。

再说阉患。由明宣宗始，设内书堂，选小内侍，令大学士教习，逐步成为定制。内侍多通文墨，晓古今，逞其智巧，逢君作奸。数传之后，势成积重。先有王振，中有刘瑾，后有魏忠贤。这几个大太监，为祸之烈，在历史的排行榜上都名列前茅。

有这么一对父子，明英宗朱祁镇、明宪宗朱见深，他们把人殉制度废除了。明英宗由此得到后世赞誉，明宪宗落实父亲遗训，善行福泽子弟。

朱祁镇这个人，前后在位二十来年，重用过宦官，杀过功臣，当过俘虏，没什么可以说道的政绩。但是，他是一个谦虚的人，一个好人，一个充满人性的人。《明史》称赞他，恭让后谥，释放被朱棣推翻的建文帝的幼子和家属，罢宫妃殉葬，"则盛德之事可法后世者矣"。朱祁镇的儿子朱见深，可谓苦大仇深。朱祁镇兵败当了俘虏，朱见深的太子之位被废，差不多八年时间，他遭尽世态炎凉，随时都有被杀头的危险。后来朱祁镇重登皇位，他又重新被立为太子。他和他的父亲一样，也没做过什么像样的事情，却落实父亲临终前的嘱咐，从此之后，再无殉葬的事情发生。

在朱见深身上，发生过几件奇事。一是对从小服侍他的万姓宫女，他始终不离不弃，当成最亲的人。朱见深继位，万姓宫女成了他的妃子。那时，她三十五岁，他十八岁。第二年，万妃生了一个儿子，朱见深高兴异常，将万妃封为贵妃。但不幸的是，这个孩子很快就夭折了，万贵妃也没法生育了。从此之后，宫中凡有人怀孕，她都想方设法让人打掉胎儿。官军征伐土蛮，俘获一个姓纪的女孩，送进宫中，管理钱库。她读过书，聪明，脾气又好，人人喜欢。一次朱见深遇见了，就宠幸了她。她所生的这个孩子的命运，是不是和其他无辜者一样呢？

人性的光辉开始显现了。先是一个普通的宫女出场，她奉万贵妃之命打探情况。说普通，因为史书没有记下这名宫女的名字。这个宫女回报万贵妃说，纪姓宫女得了病，并没有怀孕。于是，纪姓宫女被换了住处，孩子生了下来。万贵妃知道后，又派人去把这个孩子溺死。这次是一个普通的太监出场。他叫张敏，说普通，因为他只是一个看门的太监。他见到宫女和孩子，说："孩子在这里不安全，我把他抱走，你可以常去看他。"从此，深宫里多了这么一个孩子，你给一口饭，我送一件衣，一年年长大，唯有皇帝不知道，万贵妃不知道。

就这么过了五年，一个偶然的机会，张敏将这件事情报告给皇帝，父子才得以相认。这个孩子叫朱祐樘，后来当了太子。之后，朱见深的儿子多了起来。万贵妃怕朱祐樘长大后报复她，劝皇帝废了太子。朱见深听从了。这时候，又有一个太监出场。他叫怀恩，掌司礼监。面对皇帝的圣旨，他长跪不起，回答说："您的命令我不能执行。因为执行了您的命令，天下人会杀了我，而不执行您的命令，您会杀了我。都是一死，还是您把我杀了吧。"朱见深大怒，把他发配到南京当闲差去了。《明史》中还提到一个太监，为这个幸存下来的苦孩子当老师的太监，叫覃吉。皇帝给太子封地，覃吉劝太子推辞，说作为太子，将来天下都是您的，要封地做什么？太子偷看佛书，覃吉跪地说，太子应当读圣人之书。

读史至此，让我异常激动。深宫之中，宫女们之间不是充斥着无尽的争斗吗？在这里，她们却齐心协力，保护一个幼小的生命；深宫之中，太监不是恶的代名词吗？在这里，却大义凛然，成为善的化身。人性的花朵在哪里都可以开放，人性的光辉原来可以这样亮丽！我曾经怀疑、动摇过，对人心不古扼腕长叹，而这段历史，却让我对人性的善良重新充满信心。

这个苦大仇深的孩子，就是史上有名的明孝宗。他当上皇帝之后，要回报那些好人。他斥逐奸佞，赶走宫中的法王、佛子、国师、真人，他重用忠臣，拼命做事，还以忍让的方式，饶恕了万贵妃的亲属。《明史》有两段评价："明有天下，传世十六，太祖、成祖而外，可称者仁宗、宣宗、孝宗而已……孝宗独能恭俭有制，勤政爱民，兢兢于保泰持盈之道，用使朝序清宁，民物康阜。"史书还没有忘记一个小人物，就是那个教孝宗读书的覃吉："弘治之世，政治醇美，君德清明，端本正始，吉有力焉。"

（摘自《读者》2018 年第 3 期）

生命之始，花开花谢

林清玄

1953 年，我出生在台湾南部乡下非常偏远的农村——旗山镇。

我的父母都是种田的农民，但在这一生中对我影响最大的是他们。

我父亲是一个豪放、潇洒、幽默的人。我的母亲细腻温柔，对美的事物有极好的感受力，我印象中从未听到她对别人大声讲话。

父母亲的一生告诉我，一个人的身份无论怎样卑微，只要维持灵魂中的细腻和温柔，就保有了伟大的生命。

我从来都认为爸爸妈妈的爱情是伟大而完美的，他们只受过很少的教育，却能相敬如宾直至晚年。我忍不住内心的好奇，想探究原因，可每次总是话到嘴边难以启齿。后来有一天，我们一家人都围坐着看电视，我便偷偷地询问妈妈那个理由。手里打着毛衣的妈妈脸上忽然浮现少女的羞涩，老花镜也遮盖不住她双颊的桃红。

"去问你爸爸。"妈妈说。

我走到爸爸身边，为他斟一杯茶，问出同样的问题。没想到一向很威严的爸爸也会有一丝不自在，他嘴角闪过一抹神秘的微笑，说："问你妈妈去。"

我迷惑了。

后来的岁月，我终于想通"不能言传"是中国人生活的最高境界，爱情又何尝不是？

我还记得我家附近有一个老婆婆，她的头发已似纷纷飘落的雪。她常常以一种极为悠然坦荡的神态，躺靠在廊前的摇椅里摇来摇去。她的手中总握着一根黑得发亮的烟管，她也不抽，只是爱抚着。我急于探究那一根烟管的故事，但她既聋又哑。

于是我跑去问爸爸，才知道，那烟管是十年前他当医生的丈夫健在时抽的。十年中，它总是握在她缩皱的手中。当时我对这件事感触极深，往后的日子里经常一次次地站在她旁边，看她捏弄那根烟管。

我记得爸爸对我讲这个故事的时候，眼里有一种异样的东西在闪烁。其实爸爸是深懂得爱的真谛的，只是他和妈妈一样，总是把它们埋在心底。

母亲爱沉默，不像一般乡下妇人般遇事喋喋不休。

这与她受的教育和个性都有关系。

在我们家方圆几里内，母亲算是个知识丰富的人，而且她写得一手娟秀的好字，这一点是我小时候常常引以为豪的。

我出生的时候不大会哭，初知文墨的父亲就随意按"清"字辈为我取名叫"怪"，报户籍的时候又改为"奇"。当时那个登记名册的人对我爸爸笑着说："最近读武侠小说，清玄道人功夫了得，不如起名清玄吧。"

我的名字就由此而来。

早期的农村社会，一般孩子的教育都落在了父母亲身上。因为孩子多，父亲光是养家就已经够累了，哪还有余力教育孩子。对我们这一大帮孩子来说，最幸运的是有这样一个明智的、有知识的母亲。

　　我很小的时候，母亲就把《三字经》写在日历纸上让我背诵，并且教我习字。

　　母亲常常告诉我："别人从你的字里可以看出你的为人和性格。"

　　我们家田园广大，食指浩繁，是当地少数几个大家族之一。父亲兄弟四人在日据时代都被征到南洋打仗，仅我的父亲生还。父母亲和三个寡妇必须养活林家十八个小孩，负担惊人。我是整个大家的第十二个孩子。

　　我妈妈是典型的农家妇女。那时的农家妇女几乎是不休息的，她们除了带养孩子，还要耕田劳作。为了增加收入，她们要养猪、种菜、做副业；为了减少开支，她们夜里还要亲自为孩子缝制衣裳。

　　只要家里有孩子生病，母亲就会到庙里烧香拜佛。我每看到她长跪在菩萨面前，双目紧闭，口中喃喃祈求，就觉得妈妈的脸真美，美得不可比拟，与神案上的菩萨一样美——不，比菩萨还要美，因为妈妈有着真实的血肉。妈妈就是菩萨，母心就是佛心呀！

　　由于我深记着这一幕母亲的形象，使我不管遭遇多大的逆境，都能奋发向上，且长存感恩的心。

　　这也使得我从幼年起，从来没有说过一句忤逆母亲的话。

　　我的大弟因患小儿麻痹而死时，我们都忍不住大声哭泣，唯有母亲以双手掩面悲号。我完全看不见她的表情，只见到她的两道眉毛一直在那里抽动。

　　依照习俗，死了孩子的父母在孩子出殡那天，要用拐杖击打棺木，以责备孩子的不孝，但是母亲坚持不用拐杖，她只是扶着弟弟的棺木，默默流泪。母亲那时的样子，如今在我心中还鲜明如昔。

　　年幼的时候，我是最令母亲操心的一个。我不只身体差，由于淘气，还常常发生意外。三岁的时候，我偷喝汽水，没想到汽水瓶里装的是"番仔油"（夜里点灯用的臭油），喝了一口后两眼翻白，口吐白沫，昏死过去。母亲立即抱起我冲到镇上去找医生。那天是大年初二，医生几乎全休假了，母亲急得满眼是泪，却毫无办法。

"好不容易在最后一家医馆找到了医生，他打了两个生鸡蛋给你吞下去，你又有了呼吸，眼睛也睁开了。看到你睁开眼睛，我也在医院昏过去了。"后来，母亲每次提到我喝番仔油，都还心有余悸，好像捡回了一个儿子。听说那一天她抱着我看医生，跑了将近十公里的路。

我四岁那一年，一次从桌子上跳下时跌倒，头撞到缝纫机的铁脚，后脑壳整个撞裂了。母亲正在厨房做饭，我挣扎着站起来叫喊母亲，母亲从厨房跑出来。"那时，你从头到脚全是血。我看到的第一眼，心中浮起一个念头：这个因仔没救了。幸好你爸爸在家，他骑着脚踏车送我们去医院。我抱着你坐在后座上，用一只手按住你脖子上的血管，到医院时我也全身是血。从手术室被推出来时，你叫了一声'妈妈'……我那时才流下泪来。"母亲说起这一段时，总是把我的头发撩起，看我的耳朵后面。那里有一道二十厘米长的疤痕，像蜈蚣一样盘踞着。

由于我体弱，母亲只要听到有什么补药或草药吃了可以使孩子的身体变好，就会不远千里去求药方。可能是因为母亲的悉心照顾，我的身体竟奇迹般地渐渐好起来，变得非常健康，常常两三年都不生病，功课也变得十分好，很少得第二名。我母亲常说："你小时候，只要考了第二名就跑到香蕉园躲起来哭，要哭到天黑才回家。真是死脑筋，第二名不是很好吗?"

（摘自《读者》2019 年第 5 期）

独立与抱团

郭恺迪

上周，我和一个德国人大聊一番，他对亚洲文化颇感兴趣，发出了一个让我哭笑不得的感慨。他告诉我，在本科班级里有不少亚洲学生，每次临近考试时，这些亚洲学生总能通过各种渠道打听到关于考试的种种细节：复习大纲、题型、重点、样题甚至编辑好答案的题库。他对此总是感到非常惊讶，因为同班的德国学生总是全然不知地从第一页开始复习。

听完这番话，我倒是费解起来：难道他们德国学生就没有学生群这种东西吗？难道考试之前他们就不会试图向学长了解点信息吗？假如一个人认识两个前辈，五个学生认识十个不一样的前辈，这样分头打听打听，不就对考试情况甚至重点有一个大体的把握了嘛！

我的一番见解让他听得两眼冒光，他叹着气告诉我："德国学生不会向前辈打听信息，因为那些已经考过试的人是不愿意回答你的问题的。他们会觉得——既然我花了时间和精力去准备这门考试，那你也应该和我一样花时间、花精力。我不想告诉你这些信息，何况我凭什么要告诉你这些信息？"

我笑出了声，跟他仔细分析起来——分享考试信息又不会让后辈"免考"，信息并不等同于知识，这只是一场考试，并不是让你转让知识或是智商啊！德国朋友频频点头，但面露忧愁，说："是啊，只是考试而已，可是大部分德国学生还就是不愿意分享这些。"

来到德国已一年，我对德国人的最深印象就是热情和独立。对亚洲人来说，我们更容易在面对未知的挑战时向有经验的前辈请教、探讨；同时，当我们面对后辈求助时，我们也会尽自己所能提供帮助。

在我们看来，不造成直接利益冲突的信息分享，对于整个群体来说，是利他形式的可持续发展。但对于德国人来说，很多在我们亚洲学生看来是举手之劳、互惠互利的事情，如果你不提出请求，他们很可能根本不予理会；即使你提出请求，他们也极有可能干脆地回绝你，或者在讲一大堆奇怪的限制条件后才答应你。

德国人似乎是两面的，一面是见到大街上拿地图的人就会主动上来询问是否需要帮助，另一面却绝不开口向后辈透露一点点考试信息。相比而言，中国学生群对每一个中国学生个体而言就是一个强大且友善的数据库：哪家保险涨价了，哪家中餐馆有活动了，哪里的医生会说英语，哪门课的教授出题特别刁钻，哪条街道附近出现了可疑的人……

这些德国人需要用真金白银、时间、精力去实际验证的信息，我们在微信群里就可以得到直接的答案。看来是相当方便，我也一度沉溺于这简单易得的快乐。但这次交流让我开始思考一个问题：我们会不会也在一定程度上失去了"德国式独立"养成的基础？

我一直在思考，当我们依赖信息共享互助时，我们的确节省了很多时间和精力，但同时，有多少有趣和独特的体验也被我们"节省"了呢？我们都在说，"吃亏是福，不主动吃亏是明智""费神是修行，不主动选择费神是对自己的善良"……但当我们以理性的大脑选择一条眼前的正路时，是不是也会失去一些体验独立的机会呢?

我想了很久,在短期内我可能无法回答这个问题。德国式独立和亚洲式抱团究竟哪个好?我想,其中的利弊在每个人身上应该不同,并没有绝对的优劣,有的只是文化与个人价值观念的不同。

至于我,现在仍然无法跳出自己身为中国人群体中一员的身份,无法拒绝那些向我询问出国事宜的学弟学妹,还会在遇到问题的时候第一时间在当地中国学生群里寻求帮助。同时,我仍旧会一边羡慕着德国学生每天独自一人在食堂吃饭、逛博物馆的淡然,一边开心地陪刚到德国的国内小伙伴注册、找教室。不过,在以后有选择的情况下,我会小心翼翼地尝试一次独自旅行,在没有任何先验知识的情况下!

(摘自《读者》2017 年第 8 期)

紫 衣

三 毛

那封信是我从邮差先生那儿用双手接过来的。

那是多年前的事了。当年，我的母亲还是一个三十五六岁的妇人。她来台湾的时候不过二十九岁。

把信交给母亲的时候，我感觉到信中写的必是一件不同寻常的大事。母亲看完信很久很久之后，都望着窗外发呆。她脸上的那种神情十分遥远，好像不是平日那个洗衣、煮饭的母亲了。记忆中的母亲是一个永远只可能在厨房找到的女人。

到了晚上要休息的时候，我们小孩子照例打地铺睡在榻榻米上，听见母亲跟父亲说："要开同学会，再过十天要出去一个下午。两个大的一起带去，宝宝和毛毛留在家，这次我一定要参加。"父亲没有说什么，母亲又说："只去四五个钟头，毛毛找不到我会哭的，你带他好不好？"毛毛是我的小弟，那时候他才两岁多。

于是我才突然发现原来母亲也有同学，就问母亲，念过什么书。母亲说看过《红楼梦》《水浒传》《七侠五义》《傲慢与偏见》《呼啸山庄》……在学校还是篮球校队的，打的是后卫。听见母亲说这些话，我禁不住深深地看了她一眼，觉得这些事情从她口里讲出来那么不真实。生活中的母亲跟小说和篮球一点儿关系也没有，只是大家庭里一个不太能说话的无用女子而已。

母亲收到同学会郊游活动的通知单之后，好似快活了一些，平日话也多了，还翻出珍藏的几张照片给我们小孩子看。她指着一群穿着短襟白上衣、黑褶裙子的女学生，说里面的一个就是十八岁时的她。

看着那张泛黄的照片，又看见趴在地上啃小鞋子的弟弟，我的心里升起一阵混乱和不明白，就跑掉了。

从母亲要去碧潭参加同学会开始，那许多个夜晚我放学回家，总看见她弯腰趴在榻榻米上不时哄着小弟，又用报纸比着我们的制服剪剪裁裁。有时她叫姐姐和我到面前去站好，将那报纸比在我俩身上看来看去。我问她，到底在做什么。母亲微笑着说："给你和姐姐裁新衣服呀！"那好多天，母亲总是工作到很晚。

我天天巴望母亲不再裁报纸，拿真的布料出来给我看。当我有一天晚上放学回来，发觉母亲居然在缝一件白色的衣裳时，我冲上去，拉住布料叫了起来："怎么是白的?! 怎么是一块白布?!"说着丢下书包瞪了母亲一眼，就哭了。灯下的母亲，做错了事情般低着头——她明明知道我想要的是粉蓝色。

第二天放学回来，我发现白色的连衣裙已经缝好了，只是裙子上多了一圈紫色的荷叶边。

母亲的同学会定在一个星期天的午后，说有一个同学的先生在机关做主管，借了一辆军用大车，我们先到爱国西路一个人家去集合，然后再乘那辆大汽车一同去碧潭。

星期天我仍要去学校。母亲说，到了下午两点，她会带了姐姐和新衣服来学校，向老师请假，等我换下制服，就可以去了。

等待是快乐又漫长的，起码母亲感觉是那样。那一阵，她常讲中学时代的生活给我们听，又数出好多个同学的姓名来。说结婚以后就去了重庆，抗战胜利后又来到了台湾，这些同学已经失散十多年了。说时，窗外的紫薇花微微晃动，我们四个小孩都在房间里玩耍，而母亲的目光越过了我们，盯住那棵花树，又非常遥远起来。

同学会那天清晨，我照例去上学。中午吃便当的时候天色变得阴沉起来，接着飘起了小雨。等到两点钟，上课铃响过好一会儿，才见母亲拿着一把黑伞匆匆忙忙由教务处那个方向的长廊上半跑着过来。姐姐穿着新衣服一蹦一跳地跟在后面。

我很快被带离了教室，到学校的传达室去换衣服。制服和书包被三轮车夫——叫作老周的接了过去。母亲替我梳头发，很快地在短发上扎了一圈淡紫色的丝带，又拿出平日不穿的白皮鞋和一双新袜子，弯腰给我换上。母亲穿着一件旗袍，暗紫色的，鞋是白高跟鞋——前面开着一个露趾的小洞。一丝陌生的香味，由她身上传来，我猜那是居家时绝对不可以去碰的蓝色小瓶子——说是"夜巴黎"香水，使她有味道起来的。看得出，母亲今天很不同。我和姐姐在微雨中被领上了车，空间狭窄，我被挤在中间一个三角地带。雨篷拉上了，母亲怕我的膝盖会湿，一直用手轻轻顶着那块黑漆漆的油布。我们的心情并没有因为下雨而低落。

由舒兰街到爱国西路是一段长路。母亲和姐姐各抱一口大锅，里面分别满盛着红烧肉和罗宋汤，是母亲特别做了带去给同学们吃的。

雨，越下越大。老周浑身是水，弯着身子半蹲着用力蹬车。母亲不时将雨篷拉开，向老周说对不起，又不断地低头看表。姐姐很专心地护着锅，当她看见大锅内的汤浸到外面包裹的白布上时，险些哭出来，说母亲唯一的好旗袍快要被弄脏了。等到我们看见一女中的屋顶时，母亲又看了一下表，说："小妹，赶快祷告！时间已经过了。快跟妈妈一起祷告！叫车子不要准时开。快！"我们马上闭上了眼睛，不停地在心里祈祷，拼命地哀求，只盼望爱国西路快快出现在眼前。

好不容易那一排排樟树在倾盆大雨里出现了，母亲手里捏着一个地址，拉开雨篷跟老周叫来叫去。我的眼睛快，在那路的尽头，看见一辆圆圆胖胖的草绿色大军车，许多大人和小孩撑着伞在上车。"在那边——"我向老周喊道。老周加速在雨里狂奔，而那辆汽车，眼看没有人再上，便喷出一阵黑烟，缓缓地开动了。"走啦！开走啦！"我喊着。母亲"哗"的一下将挡雨的油布全部拉开，双眼直直地盯着那辆车子——那辆慢慢往前开去的车。"老周——去追——"我用手去打老周的背，那个好车夫狂奔起来。雨水，不讲一点情面地往我们身上泼洒过来。那辆汽车又远了一点儿，这时候，突然听见母亲狂喊起来，在风雨里发疯似的放声狂叫："魏东玉——严明霞——胡慧杰——等等我——我是进兰——缪进兰呀——等等呀——等等呀——"雨那么密地罩住了天地，在母亲的喊叫之外，老周和姐姐也加入了狂喊。他们一直叫，一直追，盯住前面那辆渐行渐远的车子不肯放弃。我没有出声，只紧紧拉住已经落到膝盖下面去的那块油布。大雨中，母亲不停的狂喊使我害怕得快要哭出来。呀——母亲疯了。

车子终于转一个弯，失去了踪影。

母亲颓然跌坐在三轮车座上。老周跨下车来，用大手拂了一下脸上的雨，将油布一个环一个环地替我们扣上，扣到车内已经一片昏暗，才问："陈太太，我们回去？"母亲"嗳"了一声，就没有再说任何话。车到中途，母亲打开皮包，拿出手绢替姐姐和我擦脸，她忘了自己脸上的雨水。

到了家，母亲立即去烧洗澡水，我们仍然穿着湿透的衣服。在等水滚的时候，母亲递来了干的制服，说："快换上了，免得着凉。"那时她也很快地换上了居家衣服，一把抱起小弟就去冲奶粉了。

我穿上旧制服，将湿衣丢到一个盆里。突然发现，那圈荷叶边的深紫竟然已经开始褪色，沿着白布，在裙子上染上了一摊摊模糊的水渍。

那件衣服，我以后就再没有穿过了。

许多年过去了，上星期吧，我跟母亲坐在黄昏里，问她记不记得那场同学会，她说没有印象。我想再跟她讲，跟她讲讲那件紫衣，讲当年她那年轻的容颜，讲窗外的紫薇花，还有同学的名字。

母亲心不在焉地听着听着，突然说："天明和天白咳嗽太久了，不知好了没有。"她顺手拿起电话，按了小弟家的号码，听见对方来接，就说："小明，我是祖母。你还发不发烧？咳不咳？乖不乖？有没有去上学？祖母知道你生病，好心疼好心疼……"

（摘自《读者》2017 年第 1 期）

如何安放我们的心

钱 穆

一

　　如何保养我们的身体，如何安放我们的心，这是人生问题中最基本的两大问题。前一问题为人兽所共，后一问题乃人类所独。

　　心总爱离开身向外跑，总是偷闲随便逛，一逛就逛进了所谓神之国。在人类文化历史的演进中，宗教是早有端倪，而且早有基础了。肉体指的是身，灵魂指的是心。心想摆脱身之束缚，逃避为身生活之奴役，自寻它本身心的生活，神的天国是它想望的乐土。任何宗教，都想死后灵魂进天堂。不说有灵魂的佛教，则主张无生，憧憬涅槃。

　　心离开身，向外闲逛，一逛又逛进了所谓物之邦。科学的萌芽，也就远从人类文化历史之早期便有了。本来要求身生活之安全与丰足，时时要役使心，向物打交道。但心与物的交涉经历了相当久，心便也闯进了物的神秘之内圈，发现了物的种种变态与内情。心的智慧，在这里，又遇见了它自己所喜悦，获得了它自己之满足。它不顾身生活，一意向前跑，跑进物世界，结果对于身生活也会无益而有害。

<h1 style="text-align:center">二</h1>

无论如何，我们的心总该有个安放处。相传达摩祖师东来，中国僧人慧可在达摩前自断一手臂，哀求达摩教他如何安他自己的心。慧可这一问，却问到了人类自有文化历史以来真问题之真核心。至少，这一问题是直到近代人人所有的问题，是人人日常所必然遇见，而且各已深切感到的问题。达摩说："你试拿心来，我当为你安。"其实，达摩的解答有一些诡谲。心虽拿不到，我心之感有不安是真的。禅宗的祖师们，并不曾真实解决了人类这问题。禅宗的祖师们，教人试觅心。以心觅心，正如骑驴寻驴。心便在这里，此刻叫你把此心去再觅心，于是证实了他们无心的主张，那是一种欺人的把戏。所以禅宗虽曾盛行了一时，人类还是在要求如何安放心。

宋代的道学先生们，又教我们心要放在腔子里，那是不错的。但心的腔子是什么呢？我想该就是我们的身。心总想离开身，往外跑。跑出腔子，飘飘荡荡，会没有个安放处。何止是没处安放？没有了身，必然会没有心。但人类的心早已不愿常为仆役，早已不愿仅供身生活做驱遣。而且身生活其实也是易满足、易安排的。人类的心，早已为身生活安排下一种过得去的生活了。身生活已得满足，也不再要驱遣心。心闲着无事，哪能禁止它向外跑。人类为要安排身生活，早已常常驱遣它向外跑，此刻它已向外跑惯了。身常驱遣心，要它向外跑，跑惯了，再也关不住。然则如何又教人心要放在腔子里？

三

人心不能尽向神，尽向神不是一个好安放；人心不能尽向物，尽向物也不是个好安放。人心又不能老封闭在身，专制它，使它只为身生活做工具，被奴役，这将使人类重回到禽兽。如是则我们究将把我们的心如何地安放呢？慧可的问题，我们仍还要提起。

中国的孔子，他不领导心向神，也不领导心向物，他牖启了人心一新趋向。孔子的教训在中国人听来，似是老生常谈，平淡无奇。但就世界人类文化历史看，孔子所牖启人心的，却实在是一个新趋向。他牖启心走向心，教人心安放在人心里。他教各个人的心，走向别人的心里找安顿，找归宿。父的心，走向子的心里成为慈；子的心，走向父的心里成为孝；朋友的心，走向朋友的心里成为忠与恕。心走向心，便是孔子之所谓仁。心走向神，走向物，总感觉是羁旅他乡。心走向心，才始感到是它自己的同类，是它自己的相知，因此是它自己的乐土。而且心走向心，又使心始终在它腔子内，始终不离开它的寄寓之所身。父的心走向子的心，他将不仅关切自己的身，并会关切到子之身。子的心走向父的心，他将不仅关切自己的身，并也会关切到父之身。如是则身心还是和合，还是相亲近，相照顾。并不要摆弃身生活来薪求心生活之自由与独立，心生活只在身生活中觅得它自由与独立之新园地。这是孔子教训之独特处，也是中国文化之独特处。

四

心与神、与物和合为一了，那是心之大解放，那是心之大安顿。其枢纽在把自己的心量扩大，把心之情感与理智同时扩大。如何把心之情感与理智同时扩大呢？主要在心走向心，先把自己的心走向别人心里去。自己心走向他人心，他将会感到他人心还如自己心，他人心还是在自己的心里。慈父会感到儿子心还在他心里，孝子会感到父母心也在他心里。因此才感到死人的心也还仍在活人的心里。如是则历史心、文化心，还只是自己现前当下的心；自己现前当下的心，也还是历史心与文化心，如是之谓人心不死。

（摘自《读者》2012 年第 15 期）

欧洲人吃火锅

张佳玮

说到外国人吃火锅，我知道，大家期待的反应，多半是"外国人一定被中华饮食文化吓得目瞪口呆，大感新奇"的故事。

其实不然。以前中国对外交流不够多，外国人还会觉得火锅挺新鲜。现在，至少欧洲人，除了少数"土鳖"，已经很少有人会诧异"哎呀，中国还有这种饮食哪"！

因为他们已经接受"中国饮食无奇不有，我们只管吃就是"的设定了。

现在大多数年纪不太大、见过些世面的欧洲人，初见任何中国食物，最多是好奇一下，觉得新鲜，然后就……入辙了。

火锅，算是中餐里欧洲人接受比较快的。我跟外国人解释中国的炒菜，如何炒料、勾芡、大火炒，总有些人不能理解。但火锅一烫就熟，他们亲眼看着，很直观，所以很爱吃。

年轻的欧洲人对火锅常见的疑问是：

A. 为什么这么辣？而且好烫啊，呵呵。

B. 那些食材具体是什么？主要好奇毛肚、猪血之类。我没敢跟他们说黄喉和鸭肠。

C. 那么雾腾腾的，你们居然看得清?!

D. 我以前吃的中国火锅没有这么辣！

E. 汤可以喝吗？不可以？哦，哪些汤能喝哪些不能呢?

也有很老练的。巴黎共和国广场旁边，有一家挺有名的火锅店。有许多巴黎人去吃。我亲见许多外国人对虾滑、羊肉、香辣蟹都处理得很老到，比某些中国顾客还熟练。

吃火锅，先涮肉，再下蔬菜，大家都懂。

某天我和若去吃火锅，身旁一对法国情侣一起等位。中间大家聊了几句，也不生分了。

后来上了桌，也坐在相邻的桌子。

我们的锅先上来了，我把菌菇先下到锅里——取菌菇的鲜味嘛。

邻座那个法国女生，特别严肃地对我说，要先下肉，再下蔬菜，才好吃！——她应该是把菌菇当蔬菜理解了。

我想解释给她听，转念一想，啥都不说了。点头感谢："好的，谢谢！"

她特高兴："火锅很有学问的！"

我点头如捣蒜："对对对。"

巴塞罗那格拉西亚那边，有些店开到午夜，还有 tapas（轻便小餐，西班牙饮食国粹）和酒卖。

我陪几位长辈去吃宵夜。有个女侍问我们从哪里来的。

"重庆。"

"重庆是哪儿?"

"就四川一带。"

姑娘很激动。

"我去过四川。我很爱吃火锅。我朋友还教我在火锅店里用的四川话。"

我们让那姑娘说说。那姑娘说："豪刺。刺包老。"——这就是她仅会的两句中文了。

诸位懂的一定懂了。

（摘自《读者》2019 年第 5 期）

他种了 3000 颗星星
秋 桐

1988 年，他们全家来到了辽宁抚顺。

1992 年，他在贵州贵阳第一次收养孩子。

1995 年，他创立了菲利浦·海德基金会，在河北廊坊建立了廊坊儿童村。

2002 年，他在天津市武清区大王古庄建立了牧羊地儿童村。这是中国目前最大的外资孤残扶助机构。

他是来自美国的贝天牧。他说："我将永远和孩子们在一起，直到我进天堂。"

上帝安排了孩子的人生，不会让它到此为止

2002 年，是贝天牧在中国成立菲利浦·海德基金会的第八个年头，也是贝天牧经历的最艰难的一年。刚刚过去的"9·11 事件"让整个美国都沉浸在

巨大的悲痛之中，大多数美国人将善款捐助给了在此事件中遭遇不幸的家庭，这让资金主要来源于美国的贝天牧遇到了前所未有的困难。越来越多的孤残儿童被送至儿童村，他们大多是重症患儿，急需手术。医生已经到位，资金却毫无着落；儿童村拖欠着员工的工资；孩子们的房间明显超员……

此时，被严重烧伤的弃婴艾米又被送上门来。那哪里还看得出来是一个孩子，贝天牧却二话没说，一把抱过孩子，连夜去了廊坊医院。医生表示，孩子活下来的概率不到10%。贝天牧又抱着孩子连夜赶往北京儿童医院。医生的答复是相同的，"不用治了"。贝天牧当场落泪，他对医生说："想象一下他是你的儿子，请想办法救救他！"医生看着这个"老外"，追问他："就算手术成功了，你想过孩子的未来吗？"贝天牧说："我和妻子愿意收留他、照顾他、看他长大，总有一天，我们能看到他在地上跑、踢足球，看着他上高中、上大学、结婚，甚至接我的班。上帝安排了孩子的人生，不会让它到此为止。"

贝天牧感动了医生，手术截掉了孩子坏死的手臂和腿，还进行了面部植皮。得知手术成功的贝天牧放声痛哭。可是，孩子严重的术后感染又让他一次次地在病危通知书上签字，就连陌生人都对贝天牧说："放弃吧，或许他也不想活下来。"贝天牧说："他既然挺过了火灾，就是想活在这个世界上，我必须帮他完成心愿。最坏的时候已经过去了。"两个月后，艾米顽强地活了下来。贝天牧把这个消息告诉了一个美国朋友，三天后，这位朋友带着妻子飞到了中国，收养了艾米。朋友说："艾米就是上帝对我们一家的安排。放心吧，我会让它变成最好的安排。"

艾米的故事经美国MPR电台播出后，全世界各地的资助源源而来。贝天牧用这笔钱建了牧羊地儿童村的四座楼：办公室、两座孩子之家和客房。艾米的经历让更多如他一样经受苦难的孩子找到了希望和爱。其实，当贝天牧把面目全非的艾米抱在怀里时，他拥抱的是少年时同样支离破碎的自己。

10岁丧父的贝天牧是家中6个兄弟姐妹中最小的一个，深得母亲宠爱，可这也让他因为没有安全感而以叛逆的方式表达勇敢坚强，少年时代的他酗酒、飙车、吸毒，当兵因不守纪律被强行退回。一日深夜，贝天牧和朋友又在餐馆闹事，被警察带走。铁窗下，贝天牧彻夜无眠，双手被反铐着，皮肉卡得生疼。第一次尝到失去自由的滋味，他问自己："难道这就是自己应有的生活吗？"那一年，他21岁。

贝天牧的妻子潘姆拉在他陷入迷途的时候给了他无私的爱情，也给了他一个家和三个孩子。贝天牧与妻子一起重返校园完成大学学业，又相继在中国抚顺一所学校和北京航空航天大学当英文教师。业余时间，夫妻俩和贝天牧的助教菲利浦·海德一起在各地做义工。海德在一次做义工返程的火车上突发心脏病去世。此事给了贝天牧夫妇极大的刺激，他们卖掉了美国的房产，辞去了教职，成立了菲利浦·海德基金会，在廊坊成立了中国第一个外资孤残儿童村。随后几年，贝天牧出资与中华慈善总会合作，组织医疗队，先后到陕西、青海、贵州、广西、新疆等地，专为唇腭裂孤儿做手术，至今已治愈一千多名唇腭裂患儿。

因扶助的孤残孩子越来越多，儿童村又搬至天津大王古庄开发区。因那里在盖房子之前，是当地人的牧羊之所，于是，贝天牧给儿童村取名牧羊地。这里，是很多孤残孩子的新生之地，而对于贝天牧来说，这里是自我构建之地，他找到了那个最想成为的自己。他说："一个人所做的事情，不管目的是为了谁，其实最终解决的，都是自己与自己的关系。我们每个人都是孩子，要用一辈子来成长。"

爱出而爱返，是最好的证明

埃瑟是贝天牧夫妇收养的第一个孩子。1992年，潘姆拉抱着五个月大的埃瑟坐了近五十个小时的火车，把她带回了北京的家。

埃瑟一天天长大，她懂事之后的第一个困惑就是："我的爸爸妈妈是谁?"这也是这些孤残儿童共同的困惑。贝天牧知道,这个问题解决不好,就算治好了他们的身体,也无法修补他们的心灵。

第二天,贝天牧把埃瑟带到一处草地上,陪她看蚂蚁找食物。贝天牧指着蚂蚁说,蚂蚁一家也会走散,走散的情形有几种:一种是爸爸妈妈去给小蚂蚁找食物,迷路了;一种是小蚂蚁非常独立,要去外面闯一闯;还有一种是他们在玩一个游戏,试着分开,看多年之后谁先找到对方。"人和蚂蚁一样,也会走丢,也会用离别的方式教孩子坚强。我想一定是你爸妈觉得我太孤单了,所以,就让埃瑟和我相遇了。"贝天牧对埃瑟说,"等埃瑟大了,咱们一起去找埃瑟的爸爸妈妈,让他们给我们真正的答案。好吗?"埃瑟认真地点点头。

在牧羊地儿童村,"我从哪里来"是贝天牧特别在意的一课。每个孩子的来历,都会有一个动听的故事。小龙在跟爸爸妈妈玩捉迷藏,期限是 20 年;Sarah 的爸爸妈妈去了很远很远的地方……创作这样的故事,对贝天牧来说,是一项浩大的工程,可他把这个工程看得无比重要,这是孩子的权利,他们曾经没有选择地降生,又被抛弃,难免心生怨怼,他要把童话种植在孩子的心里。

埃瑟 11 岁时,提出要去寻找亲生父母。为此,她列出了详细的计划。"找到他们,你想对他们说什么?"贝天牧问她。埃瑟回答:"让他们不必内疚,如果他们需要,我会像你爱我一样爱他们。"年近半百的贝天牧把埃瑟紧紧搂在怀里,泪如雨下。他说:"埃瑟,你是我的骄傲。"埃瑟纠正他说:"不,你是我的骄傲。"

爱出而爱返,这,就是最好的证明。

直到现在,埃瑟还没有找到自己的亲生父母。为了这份寻找,她和贝天牧夫妇几乎走遍了贵州的大城小镇。不管她到哪里,贝天牧夫妇都一直陪伴着她,就连埃瑟想放弃时,贝天牧也对她说:"找到他们,是咱们共同的心愿,也许,他们正需要你的帮助呢。不要放弃,要做这个世界上最坚强的小蚂蚁。"

这样的爱的教育还有很多。莉莉刚生下来不久就被送到牧羊地儿童村，她患有严重的脑积水外加先天性心脏病。医生说，这孩子最多只能活两个月。贝天牧夫妇说，就算孩子真的只能活两个月，也要让她过得快乐充实。于是，莉莉成了整个儿童村的焦点，孩子们加班加点地排练节目，给她过了一个热热闹闹的百天。有的孩子负责给莉莉讲故事，有的负责陪她一起晒太阳，有的陪伴莉莉打针……莉莉在这样的关爱下，过了第一个生日、第二个生日。第三个生日过完的第三天，莉莉走了，走得很安静。一个孩子说："爸爸，快来看，莉莉今天睡得真久啊，一定是梦太好，舍不得醒吧？"

莉莉的葬礼上，很多孩子把他们最喜爱的娃娃、最爱吃的饼干，甚至是最喜欢的衣服，送给了莉莉。他们成长得很好，上帝给了他们并不完美的身体，却没有让他们的心灵残缺。这，才是贝天牧最希望看到和始终追求的。

不管你们将来做什么，我们都会引以为傲

牧羊地儿童村十几岁了，已帮助三千多名伤残儿童接受手术治疗，其中千余人被世界各地近五十个国家和地区的家庭收养。贝天牧有三个亲生女儿，又先后收养了三个女儿和一个儿子。除了一部分孩子被收养外，还有一些孩子留了下来。按照国内法律规定，孤儿长到 14 岁后，就要离开儿童村。所以，贝天牧对孩子的教育里，还有非常重要的一项——让他们拥有一技之长。贝天牧对孩子们说："不管你们将来做什么，我们都会引以为傲。如果你在餐馆当服务员，我会为你骄傲，希望你成为最好的服务员；如果你想当医生，我会引以为傲；如果谁想来孤儿院接我的班，那也是我的骄傲。"

2014 年 3 月的一天，贝天牧接到了夏景从英国打来的电话。她兴奋地说："爸爸，我今天拿到助产师资格证啦！"电话的这一端，贝天牧静默了片刻，说："你不知道我多么为你感到骄傲。"这个当初患颈部脑脊髓膜膨出的小女孩，是在命悬一线时被送到牧羊地儿童村的，她在美国先后接受了

多次手术。这个跟医院打交道最多的女孩从小就立志成为一名产科医生。夏景康复后，被一对英国夫妇收养。夏景对贝天牧说："爸爸，我终于成为和你一样的人，可以帮助那些小生命了。"放下电话，贝天牧哭了很久。他对潘姆拉说："我老啦，眼泪变得多了起来，越想止住就越流个没完。"潘姆拉也流下了欣喜的泪水。

牧羊地儿童村渐渐有了越来越多的惊喜。贝天牧散落各地的孩子会在某个时间突然到来，做志愿者，帮助兄弟姐妹。草地上，一个孩子练习走路，摔倒在地，呜呜地哭。57岁的贝天牧冲了过去，把孩子抱在怀里，做了将近5分钟的安抚才把他哄好。一位志愿者取笑他："爸爸，我小时候摔倒，你会站在那里，微笑着让我自己爬起来。你变了，变得越来越不像一个美国爸爸。"贝天牧看着长大了的孩子，又看看怀里的孩子，羞涩地笑着回应："我老了，想做一个中国式爷爷啦。"

志愿者上前紧紧拥抱着孩子的贝天牧。夕阳下的他们，美极了。

（摘自《读者》2015年第7期）

美是回来做自己

蒋　勋

中国人有很多美的实践，但无可否认，最早让美成为一门学问的是西方人。"美学"这个词是后来日本人翻译的，翻译产生了很大的问题，仿佛美学就是研究美和丑的学问。然而事实上，美学的拉丁文原意是"感觉学"。

也许我们可以闭起眼睛，感觉一下自己的口腔里有多少味觉的记忆，自己的鼻腔里有多少嗅觉的记忆。

我曾把学生带到菜市场，台湾的菜市场收摊之后，会打扫得很干净。我拿布蒙住学生的眼睛，让他们猜白天那些摊都是卖什么的。结果他们很快就找到了卖鱼、卖葱、卖姜、卖牛羊肉的摊子。

那么，气味到底是什么？它是肉体生命已经不在了，还在空气里流动着的东西。

母亲过世以后，我常常闻到她的味道，我一直觉得是我的幻觉，因为我跟她太亲。做了菜市场的实验，我才发现，鼻腔的记忆体是这么灵敏，最爱你的人已经离你而去，她的味道却挥之不去。

几年前，发现鼻腔里记忆腺体的科学家已经得了诺贝尔奖，他发现人能分辨一万多种气味。你能闻出这么多的气味吗？你是否记得春天从北方吹过来的风沙的味道？去香山的时候，你是否闻到过松树的清香和苔藓的潮湿？收割后的田野、大汗淋漓的爱人，是否在你的鼻腔里留下记忆？

年轻的时候，我在巴黎读书，读到第四年突然很想家。在香榭丽舍华丽的街道上，蓦然感到秋天的荒凉。忽然，我的鼻腔捕捉到一种味道，让我一下子热泪盈眶。那是台湾夏天七八月间，太阳晒了一整天，晒到土都发烫，忽然来了一阵暴雨，土壤泛起的味道。我才发现乡愁是气味。你想家的时候，想的可能是某种奇怪的小吃，它一下子把你底层所有的东西都唤起。

你的眼睛能看到多少种颜色？科学家说，我们的视网膜能分辨两千多种颜色。大家会觉得很奇怪，有那么多吗？红、蓝、紫……你数几个就数不下去。

汝窑是世界第一瓷器品牌，又名"雨过天晴"，最早是五代后周世宗创造的。有人问世宗：你喝茶的茶杯是要蓝色的还是绿色的？他看着天说：给我烧一个雨过天晴的颜色。工匠很犯难，因为他要等下雨，等雨停，要看天空很久，观察到天光在蓝跟绿之间变幻，其间又透露出太阳将要出来的淡淡的粉红色。聪明的宋徽宗把它沿用下来了。康德说过"美的判断力"，把这样的色彩固定在瓷器上，需要多么高超的"美的判断力"！

我们在做美的判断的时候，视觉通道打开了，听觉通道也打开了。

听觉并不只是听贝多芬、巴赫。今天是寒露，入夜以后，如果你仔细听，应该可以听到树叶沙沙的声音，伴随秋天最早到来的是声音。我们的古人写过多少关于"秋声"的诗，古人有多么好的敏感度！如果我们只知道让孩子背唐诗宋词，而忘了让他聆听秋天的声音，那没有太大意义。

秋声一来，过不了几天，满山的银杏都会变黄，洒落一地。

今天我们讲竞争力，叶子都掉了还有什么竞争力？因为接下来的季节是一个艰难的季节，在纬度这么高的地方，入秋入冬后树木所需的养分是不够的，只能把部分肌体牺牲掉，保存最好的水分和养分，来年春天重新发芽。如果你只看到了秋天凋零的悲哀，那你恐怕不懂什么叫"看不见的竞争力"。庄子说"天地有大美而不言"，大自然每一天都在做美的功课，可是它不讲话。

我最敬佩的老师佛陀，没有写过一本书，我们今天看到的很多佛经，不过是他学生的笔记，所以开头总是说"如是我闻"。有一天佛陀不想讲课了，就拿一朵花给大家看。他的意思是：他一生讲的经就在那朵花里，你懂得了那朵花，就懂得了生命本身。

回到生命的原点，才能看到美。美最大的敌人是"忙"，忙其实是心灵死亡，对周遭没有感觉的意思。我们说"忙里偷闲"，"闲"按照繁体字的写法，就是在家门口忽然看到月亮。周遭所有最微小的，看起来最微不足道的事情，可能是我们最大的拯救。我不觉得，今天在这个城市里，我们讲任何大道理对人生有什么拯救，我们能做的是许许多多微不足道的小事，像女娲补天一样，把我们的荒凉感弥补起来。

（摘自《读者》2012 年第 2 期）

春草明年绿

范春歌

一位年过八旬的日本老人在武汉纱厂女工王四花的陪伴下，寒冬里缓缓登上了寂静无声的扁担山公墓。在一座凝重的墓碑前，满头银丝的永井先生饱含热泪，一再深情地鞠躬。

王四花抚摸着丈夫被细雨濡湿的墓碑，哽咽地说道：曾文，永井先生专程从日本来看你了。

微风中起舞的冬叶仿佛是曾文同样深情的回应。

永井先生将一瓣瓣菊花洒在墓前：春草明年绿，王孙归不归?!

事情还得从 1986 年 8 月的一天写起。

那天，广西桂林火车站人如潮涌。正在广西出差的原武汉糖果厂工人曾文，也裹挟在人潮中。他忽然发现一位背着行李的老人艰难地挤向登车口，同搭这列火车的曾文，平日就乐于助人，见状赶紧上前帮助老人上了火车，又帮助他找到了座位。

　　交谈后才发现对方是位自费来中国旅行的日本人，而老人也惊奇眼前这位善良的中国青年竟能讲一口流利的日语。更让他惊奇的是，曾文只是武汉的一名普通工人，日语都是平日靠听收音机中的日语讲座和到大学旁听学的，为了能有更多的空余时间学习，他还主动申请从厂里的办公室调到了活路重但时间多的锅炉房。曾文的勤奋好学给老人留下了深刻的印象。

　　他们一路愉快地交谈着，身为日本二本松市退休老师的永井，鼓励聪慧的曾文有机会到日本深造，曾文坚定地说会用自己打工挣到的钱，到日本学习经济学。

　　这之前，永井先生也遇到过想到日本留学的青年人，却都希望得到他的资助，而眼前的曾文迥然不同。钦佩之余，悄然产生了帮助他完成留学日本的愿望。

　　俩人分手不久，永井先生在游完三峡后，专程来到武汉寻找这位忘年交。在和曾文一家相处的短短的时间里，永井了解到曾文母亲去世早，父亲又离家，他从小就带着弟妹生活，独自挑起家庭重担，但曾文的脸上从不流露出愁苦的神情，总是很阳光，很乐观，和妻子也非常相爱，全家人和和睦睦的生活让旁人称羡。

　　永井老人更坚定了帮助曾文到日本留学深造的想法。

　　时年，曾文 32 岁，永井刚迈入花甲之年。

　　就在俩人相识的第二年，曾文在永井先生的帮助下来到了日本福岛县的二本松市，报考离二本松仅三站路的福岛大学。

　　二本松市是座有着悠久历史的小城，人口还不到两万，曾文是第一批来到这里的两位中国留学生之一。他俩的到来给这座小城带来不小的轰动。在市民的眼里，曾文他们就代表着中国人的形象。曾文深感自己肩负的责任，身高一米八的他，英俊的脸上总是露着和善的微笑，他知书达理，热心助人，很快就赢得当地市民的好感。

　　每当曾文出现在街头，大家都纷纷向他打招呼，热情地邀请他到家里做客，就连街上平日不苟言笑的警察，也被曾文的魅力所感染，亲自给他扛去几箱曾文爱吃的方便面。

曾文报考福岛大学的时候，永井老人还担心他的水准可能只能先当个旁听生，没想到，他以优异的成绩一举被福岛大学正式录取。而这样一来，学费和生活费大大超过了曾文的预算。永井老人为曾文感到特别自豪，当即承诺，这一切都包在他身上。

为了减轻永井先生的经济负担，曾文一边学习一边打工。可要在这座小城市找到一份工作也非易事，但曾文诚实勤劳的品格让大小企业都争先聘用他。能聘到曾文的企业主常常感到特别地庆幸。

随着到二本松的中国人的增多，曾文当之无愧地当选为第一届中日友协会长。

这一切，让视曾文如亲子的永井老人欣慰极了。

永井老人在年轻时就受热爱中国文化的老师的影响，热心于中日民间友好交流。

无巧不成书。在他生活的二本松市有一块年代久远且闻名遐迩的戒石铭，上面镌刻着"尔俸尔禄，民膏民脂。下民易虐，上天难欺"四行汉字。告诫政府官员要珍惜百姓血汗，廉洁奉公。这四句话还被谱成歌谣，在当地百姓中广为传唱。老百姓去市府办事，都会领到工作人员发放的一张印有戒石铭的传单，以鼓励办事者监督政府的工作。

虽然大家都知道戒石铭的文字源自古代中国，还听说中国古代的县州衙门前曾广立此碑，但二本松市政府近年来不断发出讯息，希望能在中国找到它的遗迹，即戒石铭的中国根。永井老人借用在中国旅行的机会，四处打探戒石铭，而作为中国人的曾文也在为找到戒石铭的中国根而努力。

1987 年的一天，曾文兴奋地来找永井先生，说在永井先生的一位朋友松田处，无意中发现了曾参加过侵华战争的松田，有一张当年似摄于湖北京山县老衙门前的照片，他手扶的就是一块文字和本市的戒石铭相同的石碑！曾文还告诉永井先生，松田一直为自己当年参加的侵华战争而忏悔，羞于将这张照片示于他人。

永井老人听说后也很激动，亲自去劝说松田，鼓励他拿出照片交给了市府。时值曾文放暑假回国探亲，永井老人带着松田随曾文来到中国，一行三人冒着酷暑到京山县寻源，在县外事部门的配合下，通过查县志和找来的老人回忆，证实当年县衙门旧址确有一块明清时由县知府镌刻的戒石铭碑，只是因几经变迁，这块戒石铭碑已经永远埋没在地下。

但这个发现轰动了二本松和京山两地。1988 年，二本松市政府派出了一个由市长率领的代表团，永井先生和武汉籍留学生何为也在其中。经过两地商定，远隔千山的二本松市与京山县结为友好城市。

如今永井先生回忆起这段经历，仍十分感慨，没想到他和曾文的情谊又牵出中日文化交流的一段传奇。

由于日本时政的动荡，曾文不得不中断学业回到武汉，并失去了工作。但他和永井老人及二本松市市民的友谊并未中断。

当地市民都知道武汉有个热心助人的曾文，到武汉旅游的市民都愿意来找他，曾文便义务担任了他们的翻译和向导。来找曾文的二本松市民大都是中老年人，以退休的人居多，特别想了解武汉的民俗民风。曾文热心地带他们在路边的小摊点喝"靠杯酒"，品尝热乎乎甜滋滋的烤红薯，大年三十邀请他们在简朴的家里包饺子。临时找不到旅社，就在家里给他们摊开被子打地铺。

他们对曾文的信任连曾文自己都吃惊：有的老人就干脆将自己的钱袋交给他，放心地让他统管每天的支出。永井老人感动地说，我们都了解曾文家庭经济比较困窘，但诚实正直的他从不糊弄我们一文钱，是中国男人的象征。

然而，这个在街坊邻居眼里、在外国友人眼里的好男人，2008 年下半年不幸诊断出患了癌症。时年仅 53 岁。

　　远在日本的永井老人得知消息，霎时间说不出话来，随之泪水横溢。当地市民闻知消息，也唏嘘不已，祈祷他早日康复，上天能创造奇迹。

　　2009 年的 9 月 30 日，汉口鄱阳街上的行人们看见了惊人的一幕：一位满头银发的老人在满面焦虑地奔跑。

　　这位老人就是年已 83 岁的永井先生，他正心急如焚地赶往曾文入住的市人民医院住院部。

　　自曾文患上癌症之后，他曾数次专程从日本前来武汉探望曾文，平日生活极为节俭的他，前后给曾文送来 100 万日元的救治费，希望现代医学能挽救武汉好人曾文的生命。为了让病中的曾文能够康复，他还三次带曾文到云南昆明的一家温泉宾馆疗养。可是，曾文的生命仍离他一天天远去。

　　这个月，他在日本和病床上的曾文通话，发现曾文已虚弱得说不出话来，就赶紧赶往武汉来照料生命已经垂危的他。这天，他在曾文的病床前守了整整一个上午，中午出外吃饭不久，手机里传出曾文妻子的悲声。

　　永井老人火速上了一辆的士，可当天恰遇堵车，快到鄱阳街了，车仍无法移动，情急之中他跳下的士，气喘吁吁地跑往医院。

　　曾文那颗热情善良的心已经永远停止了跳动，他再也不能向永井老人握紧拳头说：我会坚持！

　　永井老人抱着曾文悲声大哭，良久，他按照日本的佛式，将曾文垂落在床头的双手轻轻地叠放在胸前，祈求曾文在另一个世界得到上天的眷顾。

　　从曾文火化到曾文的骨灰上山入葬，那几天，长长的哀恸的队伍中始终跟随着一位日本老人白发苍苍的身影。

　　他就是永井先生。

　　在位于汉口蔡家田的一家普普通通的旅社，我见到了专程从日本来看望曾文遗孀王四花的永井老人。

　　他告诉我说，曾文在世期间，最放心不下的就是同甘共苦几十年的妻子王四花。他回到日本之后，总是想起曾文的话。今年，他已经 84 岁了，有生之年所剩不多，因此，无论如何也要来看看王四花，看看曾文。从前，每次他离开武汉，曾文都会给他送行，如今曾文永远也不能送他了。

此情此景，让我不由得联想起一首在中国几乎家喻户晓的唐诗，永井先生告诉我，这首诗在日本也广为人知：

李白乘舟将欲行，忽闻岸上踏歌声。

桃花潭水深千尺，不及汪伦送我情。

（摘自《读者》2011 年第 23 期）

名师与高徒

万世师表是孔夫子。他的徒弟中，有几位真能青出于蓝？颜回、公冶长、子路，还是子贡？

"名师出高徒。"这话说来好听，可是不太能反映事实。

贝多芬的师父是谁？什么人教毕加索绘画？张大千的师父又是哪位高人？

所以，"名师出高徒"这话，马屁成分居多。

不过，此话一出，往往两代皆悦。短短的五个字一说出口，鲜见师徒二人不笑逐颜开的。

但师与徒的关系，对各自的成就，实在不见得有什么直接的影响。张大千的徒弟，有谁因得大师心传，而成就高出了师父？

学艺，靠自己。好老师，能令自己开窍。但真有潜质的，窍自己会开，与有没有好老师，关系不大。

向大师学习

年轻人问如何恶补一己之不足。"向大师学习。"我说。

大师功夫好。向他们偷师，准没错。写诗学李白、杜甫，写剧本学莎士比亚，绝对不会走弯路，能省好多时间。

能近其人，自然最妙。不可近，就看作品。拿他们最精彩的地方来仔细分析、研究，一招一招地偷师。

二流东西，不碰，太浪费时间。在沙砾中淘金，是无可奈何的事，不如捧块大金砖，天天对之凝眸，省事省时得多。

看尽旷世大师震古烁今的杰作，再及其他不迟。而且，很可能看完沧海，对小溪流就不太感兴趣了。

在时间多的情况下才可以披沙拣金。年轻人虽然有的是时间，但与其花时间在平庸之作上，倒不如眼界放高些，只看空前绝后的东西，不向垃圾堆注目。

什么书都看

国学泰斗饶宗颐教授说："我做学问，是什么书都看。"

治学，很多时候要靠触类旁通。这样，才容易创造出新观点。什么书都看，正是增加触类旁通的机会。

很多知识，从表面看一点联系都没有，全不相干；可很多时候，把毫不相干的知识放在一起，就会有所发现。

所以，我很赞成年轻人什么书都看。抱着这"都看"的态度，除了可以增阔眼界之外，另有好处是，不容易闷。今天看这类，明天看那类，恣意自在。

　　求知，有时过程十分枯燥。专攻一种，非要毅力过人不可。我们这种缺少恒心与毅力的人，只好另找方法，与什么都接触。这样，虽然不专，却增加了"旁通"的效果，有时，反而会超越前人，不比专家逊色。

（摘自《读者》2018 年第 12 期）

香港廉政公署的考题

朱国勇

1998 年 10 月，香港廉政公署执行处面向本处所有工作人员公开选拔一名首席调查主任。经过严格的资格审查和民主推荐，最后有 40 多人进入了笔试环节。

时年 43 岁的蔡双雄也参加了这次选拔考试。蔡双雄 25 岁就进入廉政公署工作，承办过多起大案要案，具有很高的专业水平。对于这次考试，他做了充分的准备。

考试进行得很顺利，多是些专业性的题目，蔡双雄做起来轻车熟路。可是，最后一道题把蔡双雄难住了。这道题分值高达 20 分，成败在此一举。题目是这样的：请简述唐太宗李世民为了保护环境采取了哪些措施，并详细论述其合理性。蔡双雄知识面并不算窄，而且很崇拜李世民，平时读过许多关于李世民的书。但是此时，他绞尽脑汁也想不起来李世民曾在环保方面有过什么施政措施。

交卷的时间快到了，无奈之下，蔡双雄只好在试卷上写下了这么一行字：我实在想不起来李世民在环保方面曾有过什么举措，对不起，这道题我不会答。

一道20分的题没做，哪里还会有希望？交卷后，蔡双雄显得很沮丧。廉政公署选拔官员，考什么环保？一些关系好的同事了解情况后，都纷纷安慰蔡双雄。

万万没有想到的是，两个星期后，考试结果出来了，最后的那一道题，蔡双雄竟然得了满分，并且，只有他一个人得了满分。蔡双雄成了进入面试环节的唯一人选。

选拔委员会是这样解释的：唐太宗时，还没有环境保护这种说法。综观李世民一生，他也没有为了保护环境采取过任何措施。这道题根本就没有答案，或者说，最标准的答案就是"不知道"。

其实，这道题是从联合国教科文组织的试题库里抽出来的，目的就是测试应试者的诚信度。"知之为知之，不知为不知"，这才是做人应有的态度。遗憾的是，竟然有那么多的考生妙笔生花地列出了李世民的多项环保举措，并洋洋洒洒地用了数百字去论述其科学性与合理性。

一个人的德行，往往会在细节中自然而然地流露出来。

（摘自《读者》2014年第5期）

不愿让风吹大了孩子

淑 洁

亏欠女儿太多

2018 年，一篇名为"风吹大的孩子"的文章，感动了无数网友。这是一封医生写给五岁女儿的信，内容字字戳心。文章的作者畅涛，是陕西中医药大学第一附属医院的脑外科医生，妻子王莉也在医院工作。

2012 年 11 月 22 日，畅涛的女儿豆兵出生了。妻子产假一结束，她的父母就从青海赶来照看外孙女。老两口对女儿女婿说："你们安心工作，我们会把豆兵照顾好。"岳父岳母的话，让畅涛非常感动。夫妻俩商定：周六和周日，哪怕再忙，也要自己带孩子，让老人好好休息。

可是，无数个周六、周日，夫妻俩都会被单位叫去加班或做急诊手术，根本没法陪伴孩子。一个周日晚上，王莉对畅涛说："今天有个病人刚住院，病情比较严重，我不放心，去看看他。"畅涛点头说："去吧，我陪着豆兵。"但王莉刚走一会儿，畅涛就接到单位电话，说有急诊手术，让他赶紧过去。

畅涛立即打电话给妻子，让她赶紧回来陪孩子。可王莉说："我还有要紧事，回不去！"平时两位老人帮忙带孩子已经很辛苦，只有周末才能回家休息。他实在不忍心大半夜打扰岳父岳母，只好把女儿带到医院，交给护士照看，自己则赶紧去给病人做手术。

这种状况变成常态后，夫妻俩时常在"谁带孩子"的问题上互相埋怨和争执，特别当豆兵哭闹着拽着他们，不让他们走时，彼此间这种情绪更甚。

2017年，王莉被单位派到北京进修一年。整整一年，王莉只回过四次家，每次不超过两天。11月22日，王莉赶回来为豆兵过生日。豆兵看到妈妈的一瞬间，突然大哭起来，她抱着妈妈一个劲儿地恳求："妈妈你别走，你别走，我想你！你留下来陪我，好不好？"畅涛和王莉流泪了，他们不知如何解释，只能抱着女儿一个劲地说对不起。

自从妈妈去北京进修后，豆兵更加依恋爸爸。每次畅涛出门上班，豆兵总是追着他问："爸爸，你什么时候回来？"一次，畅涛去上班，豆兵不让他换鞋。他对女儿说："豆兵乖，爸爸要去挣钱养你呀。"谁知，豆兵掏出自己的两百元压岁钱塞给他，说："爸爸，我给你钱，你就不用去上班了。"

孩子是不是懂事太早？渐渐地，畅涛发现豆兵变了。

一天晚上，畅涛哄豆兵睡觉。豆兵却对他说："爸爸，你去小房间睡觉吧，我一个人睡。"畅涛听了特别失落，他问豆兵："你不爱爸爸了吗？"豆兵说："我当然爱你啊，可是你骗我的时候，我就不喜欢你了。"

女儿的话一下刺痛了畅涛。"爸爸一会儿就回来"这句话，他跟女儿讲了无数次，可是从没兑现过，女儿心里会多么失望。畅涛多想告诉女儿：爸爸每次都想尽快赶回来，爸爸不是故意骗你的！这个世界上，再也没有比爸爸妈妈更爱你的人。但是，爸爸妈妈穿着这一身白大褂，就不能只为你一人遮风挡雨！

一个周末，畅涛在家休息。因为要准备学术论文答辩，他对豆兵说："宝贝，你先自己玩，爸爸要工作。"豆兵爽快地说："我跟小熊和洋娃娃玩。"

豆兵一边饶有兴致地看着一本《人体解剖学》，一边问小熊："你知道你的心脏、肝脏、胃在哪里吗？"见小熊不回答，她就指着它肚子的不同部位说："这是你的心脏，这是你的肝脏，这是你的胃，懂了吗？"

一个多小时里，豆兵一个人安安静静地坐在客厅里给洋娃娃"治病"。畅涛既心酸又欣慰：双医家庭的孩子身处特殊环境，就像被风吹大的孩子，他们必须像小草一样顽强生长，不娇纵，且自律，最终才可能成长为一棵参天大树。

接下来发生的一件事，更让畅涛感动不已。2018 年元旦过后，王莉进修结束回来了。1 月 6 日是星期六，王莉父母回家休息。晚上，她去单位值夜班，畅涛在家陪女儿。深夜一点多，他忽然接到单位电话，让他去做急诊手术。畅涛一边匆忙穿衣，一边把睡梦中的豆兵摇醒，焦急地说："宝贝，赶快醒醒，爸爸马上要走，我带你去医院。"

豆兵被摇醒后，并没像以前那样磨蹭、哭闹，而是乖乖地爬起来自己穿衣服。畅涛带着女儿火速赶到医院，把豆兵交给护士照看。他对豆兵说："你继续在值班室睡觉，爸爸做完手术就来找你。"

豆兵追出来说："爸爸，你做手术要小心哦，不要划伤了手！"

这段时间，女儿说出来的话总让畅涛动容、心疼！如果不理解父母，她怎会说出这些不符合她年龄的话呢？畅涛忽然有种想对女儿说些什么的欲望，想把自己对女儿的愧疚之情说给她听。

和你一起成长

一天，畅涛下班刚推开家门，豆兵就给畅涛递了双新拖鞋过来，问："爸爸，你喜欢这双鞋吗？我给你买的。"畅涛内心又是一阵感动，他抱起豆兵，亲了亲她，说："宝贝，爸爸好爱你！"谁知，豆兵"哇"的一声哭起来，她趴在爸爸的肩膀上，哭得让人心碎。

畅涛赶紧问："宝贝，你怎么了？"王莉接过豆兵，也紧张地问："宝贝，你是哪里不舒服了？"豆兵抽泣着说："你们根本不爱我！电视上小朋友的爸爸妈妈经常跟小朋友说'我爱你'，可你们从来没说过爱我。"

夫妻俩赶紧对豆兵说："爸爸妈妈爱你，比谁都爱你！"豆兵哭得更伤心了："我以为你们已经不爱我了。所以，我想乖乖的，我要听话，你们才会爱我。"

畅涛和王莉顿时红了眼眶，他们意识到：孩子在成长，自己也需要和她一起成长。此后，夫妻俩努力改变生活方式，他们每天都非常珍惜和豆兵在一起的时光。

2018年3月8日晚上，畅涛拿起手机，把一直想写给豆兵的信写了出来，一气呵成，写了一千多字，然后发到朋友圈。他写道："当别人家的孩子还在被窝里做着香甜美梦的时候，五岁的小家伙已经在当医生的父亲催促下不到两点就起床了，不为别的，只是因为当医生的妈妈在医院值班，当医生的爸爸也要去医院加班做急诊手术……当别的孩子哭着闹着要看奥特曼连环画的时候，五岁的小家伙却拿着爸爸的那本非医学人士'不忍直视'的《人体解剖学》翻得起劲儿……"

没想到，这封信很快就被两百多位医生和护士朋友点赞、留言、转发，很多人直呼，这封信说出了医务工作者的心声。

畅涛把这封信读给豆兵时，豆兵一直趴在他怀里安静地听。听着听着，豆兵哭了，她说："爸爸，我终于知道，你和妈妈一直是爱我的。"

确认了父母的爱后，豆兵不再像小大人那么懂事了，有时，她会在爸爸妈妈上班时撒娇，让他们亲一个才放行。畅涛和王莉很开心，因为这才是一个孩子最真实的模样。

畅涛说："我想通过改变和努力，让豆兵不再是那个'风吹大的孩子'，而是一个被父母陪伴着，在爱中长大的孩子。"

（摘自《读者》2019年第2期）

中国绿卡

周 洁

外籍教授的中国梦

伯纳德·费林加是华东理工大学的客座教授，今年 67 岁，但他和上海的渊源已经有 20 多年了。在中国科学院院士、华东理工大学教授田禾的邀请下，费林加教授每年都会来华东理工大学给同学们进行指导和开展学术讲座活动。

2016 年，费林加因"分子机器的设计与合成"获得诺贝尔化学奖。2017 年 10 月，他出任以自己名字命名的费林加诺贝尔奖科学家联合研究中心外方主任，围绕结构可控分子工程及界面光电功能研究的前沿领域开展基础与应用基础研究。

随着合作的深入，费林加教授每年来沪的次数比以往更频繁了。华东理工大学化学与分子工程学院副院长曲大辉教授说：“外籍教授来沪访问，需要准备的材料很烦琐，比如邀请函、住宿证明、大使馆往来证明等，全套手续办下来需要一两个月。”不仅如此，外籍科学家在中国出行、购房、医疗等方面，都有很多不便之处。正是考虑到自己将频繁来中国，费林加教授向华东理工大学提出，是否可以帮助自己办理在沪工作签证，以达到简化手续的目的。

没想到的是，2016 年 12 月，公安部支持上海科创中心建设出入境政策的 10 条新措施正式实施。其中明确规定对符合认定标准的外籍高层次人才，经上海张江国家自主创新示范区和中国（上海）自由贸易试验区管委会推荐，可直接申请在华永久居留（其外籍配偶和未成年子女可随同申请），同时缩短审批时间。

正是在积极务实的政策指导下，华东理工大学积极配合张江高新区管委会协助办理费林加教授的外国人永久居留身份证。从体检到办理永久居留手续，费林加教授走的都是“绿色通道”，不仅简化相关流程，提高办理速度，办理过程中还有上海市出入境管理局、上海市张江高新区管委会、华东理工大学的工作人员全程陪同。难怪在体验完全程以后，费林加教授大呼“Fantastic（极好的）”来表达自己的喜悦之情。

费林加教授也与上海科技大学特聘教授库尔特·维特里希一起，成为首批来沪工作并拥有“中国绿卡”的诺奖得主。

拥有外国人永久居留身份证的费林加教授，不仅来往中国更方便，“还能够享受全方位的国民待遇，”华东理工大学结构可控先进功能材料及其制备教育部重点实验室副主任程毅说，“包括住房公积金、缴纳所得税、办埋金融业务、国内商旅消费、申请机动车驾驶证等，统统和中国人一模一样！”从今年开始，费林加教授将正式在华东理工大学招收自己的第一批博士生。

费林加诺贝尔奖科学家联合研究中心正式成立短短两个月时间，在费林加教授和田禾院士的努力下，已经有一篇达到《自然》杂志水准的论文诞生。在未来，"联合研究中心"还会通过费林加教授的诺奖光环，吸引世界各地的青年科学家和一流人才加盟上海，产出一批世界级的原创性科研成果。

获得"中国绿卡"只是第一步，"我们希望在费林加教授给中国带来更多成果之后，为他申请中国科学院的外籍院士。"程毅满怀期待地说。

"中国绿卡"到底多难拿

诺贝尔奖获得者拿"中国绿卡"似乎如探囊取物，但对普通外国人来说，这可真是难于上青天了。

在目前已经获得"中国绿卡"的外国人中，美国核物理学家寒春曾在美国参与首批原子弹的研究和制造，她是小说《牛虻》的作者伏尼契的孙女，获得"中国绿卡"时已经 83 岁，在中国居住了 56 年。美国知名篮球球星马布里在 2016 年拿到"中国绿卡"时，美国福克斯体育直接以"斯蒂芬·马布里拿到了'中国绿卡'，这是多么难以置信的至高荣誉"为题进行报道。不过，如果你知道中国从 2004 年对外籍人士实行"永久居留证"制度开始，年均发卡量仅 200 多张，或许你就不会那么惊讶了。

发展中的中国吸引着来自世界各地的优秀人才，2016 年汇丰银行在其《全球外派人员调查报告》中显示：中国作为具有吸引力的移民目标国，排名仅次于瑞士和新加坡。其中 50% 的受调查者认为，中国是接受新挑战最佳目的地；34% 的受调查者认为，中国的职业前景更好。

（摘自《读者》2018 年第 6 期）

中国外交撷趣

《壹读》编辑部

外交似乎是一项普通民众参与代入感最强，而实际距离感最远的政府事务，于是"误会"在所难免。最典型的"误会"发生在 2011 年，一名中国军人不满外交部的对日政策，给外交部部长杨洁篪寄去了钙片，暗示外交部"太软"。

时隔两年，2013 年 12 月 12 日，外交部举行了一年一度的外国驻华记者新年招待会，外交部发言人在会上再次提到了钙片"误会"。总之，近年来随着聚焦度高的外交事件越来越多，"误会"不少。

这里撷取李肇星的新书《说不尽的外交》中的若干片段，为您澄清有关中国外交的几个"误会"。

问：《新闻联播》里时常会说的"会谈取得了积极成果"，是不是表示双方聊得还不错？

答：有时候，"会谈取得了积极成果"也是"双方吵得厉害"的同义词。

1993 年，中国与英国在香港回归问题上的沟通很艰难，中国当时的副总理兼外交部部长钱其琛在联合国一次大会上与英国外交大臣赫德争论激烈，双方寸步不让。直到会谈结束，英方的无理要求被中方一一驳回，中方的要求对方也没有接受。

这是一个让双方都失望的结果。

这时，钱其琛开始总结："今天我们的会谈很重要，应该说还是取得了积极成果。"旁边的李肇星很纳闷："今天吵得这么厉害，什么问题也没解决，何来积极成果？"

且听外交部长解释："第一，今天我们进行了十分坦诚的交流，双方争论得这么激烈，说明双方对香港回归问题都极为重视，这是今后我们解决具体问题的前提；第二，今天我们在许多问题上没有达成一致意见，但双方都愿意继续谈，哪怕是吵架似的谈，这为双方进一步沟通打下了基础。"

听完钱其琛的总结，同是外交大臣的赫德"心领神会"。

问：外交谈判就是要西装革履、仪表端庄、正襟危坐？

答：还得随时做好与外国领导人在厕所里会谈，在咖啡馆对暗号的准备。

中日关系曾因日本首相参拜靖国神社变得很僵，在这种情况下，两国高官不便安排正式的双边会见，但仍然有话需要当面说，怎么办？

2006 年，李肇星在马来西亚出席一次会议，会议参加者也有日本外相麻生太郎。就在李肇星发言结束，起身去洗手间时，他发现麻生也走进了洗手间。在这个窄小的空间里，两人开始了一次计划外的"单独"见面，事后李肇星回忆："交流效果不错，为两国高层恢复接触开了个头。"

不过也是"偶遇"发生后，李肇星才得知，这次见面其实是日方有意为之：当时麻生是专门跟进厕所的，秘书把住门，不让其他人进入。

所以，当突然被谈判对手关在厕所里时，还需要"正襟危坐"吗？

更何况，有时候连见上对方一面都要经过自我掩护、猜测对方身份以及"对暗号"等特工式环节。

2005 年，中国与西非大国塞内加尔还没恢复外交关系，但双方有进一步接触的意向，所以双方将见面地点选在了第三国意大利。

李肇星刚下飞机就发现，除了来接机的中国驻意大使，同行的还有两名披着长发、穿着花衬衫的男子。大使告诉他，这是意大利派来保护中国外交部部长的贴身警卫。有他们的存在，与塞内加尔外长的会谈明显进行不了。这时大使示意，先回宾馆。

到达宾馆后李肇星才知道，这个比平时下榻的住处豪华些的地方，在备餐间有一部直通楼下厨房的电梯，借助它可以顺利避开紧紧守在门口的警卫。

就这样，李肇星通过厨房出了酒店，并来到与塞内加尔外长约好的晚上 6 点半见面的咖啡厅。

不过中方人员都没见过这位外长，只知道他 40 岁左右，中等身材。

时间到了晚上 7 点，咖啡厅仍然不见人来。后来在一个角落里，他们发现一位看起来彬彬有礼的黑人，正在看报纸。

李肇星的秘书昆生走过去搭话："先生，你觉得这儿的咖啡怎么样？"对方回答："这儿的咖啡很好，对来自塞内加尔的客人来说更是如此。"昆生又说："你喜欢这儿的咖啡吗？"对方说："当然，似乎中国人也喜欢这儿的咖啡。"

这样，两人就像特工一样，在第三国意大利的咖啡厅里对上了"暗号"。那人马上又说："欢迎你的到来，我是塞内加尔外长加迪奥。"

后来李肇星还通过加迪奥见到了塞内加尔的总统。5 个月后，中塞两国签署复交公报。

问：联合国就美国提出的反华议案进行表决时，中国外交部能做的只是抗议？

答：私下也会有游说，而且投票国如果不想得罪美国，我们还会帮他们想办法。

20 世纪 90 年代，在联合国的人权委员会会议上，美国几乎年年都会提出反华议案。有一次李肇星访问某拉美国家，该国外长表示，在人权会议上完全支持中国有困难。李肇星明白，美国向这个国家"施加了很大压力"。

于是李肇星提出，请对方在"关键时刻"支持中国，不过换来的回答仍然是否定的。李肇星再退一步："你们至少不能支持美国。"对方直言："弃权也有困难，美国施加的压力实在太大。"

最后李肇星给这个国家出了一个主意："为了不让你们为难，中国不要求你们公开说弃权，到投票的时候你们的大使离开会场就行了。"

那个外长欣然接受了他的建议。

问：给领导当翻译的工作人员外语都很厉害？

答：当年李肇星的法语学了不到一年，也"客串"过外交部部长的法语翻译。

1982年12月，时任外交部部长吴学谦到阿尔及利亚、突尼斯、几内亚、纳米比亚等非洲国家出访，李肇星作为新闻司外国记者处副处长随团访问，为会谈会见写新闻稿。有一场计划外的临时活动需要用法文，吴学谦"随口"问李肇星是否学过法语，在得知李学过后，吴学谦马上说："那就由你来当翻译，有些词我可以帮忙。"完全不管李肇星特别强调的"学了不到一年"。

网友问：如果别人说你长相不敢恭维，你怎么想？

李肇星：没有想到网友除了关心中国外交外，对我个人的情况也这么关心。记得我当外交部发言人时，就有人提出，外交部人才济济，就找不出比李肇星长得好点儿的发言人了？……这次问题又来了，我只好回答说："我的母亲不会同意这种看法。她是山东农村的一位普通女性，曾给八路军做过鞋。她为我的长相感到自豪。我在美国的俄亥俄州立大学演讲时，近3000名学生曾起立给我鼓掌3分钟。如果我的工作使外国人认为我的祖国是美好的，我就感到幸福和荣耀。"

（摘自《读者》2014年第5期）

你真的那么有远见吗

杨澜 朱冰

美国前国务卿亨利·基辛格博士曾说过："真正的远见就是透过迷乱的现实看到未来世界的模样。"他说这话的时候是 2002 年的春天，在人民大会堂接待厅那幅著名的铁画《迎客松》前，他再次驻足。1972 年，周恩来总理就在这里欢迎尼克松总统。曾在这幅画前合影的、拨开冷战的冰霜、回暖中美关系的核心政治人物大多已经凋零，此刻他是否会感到一丝孤独和惆怅？

基辛格博士不是一位好的访谈嘉宾。他毫无表情、语速缓慢、声音低沉、口音模糊，让我担心在他的"催眠"下，观众会不会睡着？当然不会。因为他所代表的历史太重要了。1971 年，48 岁的他风华正茂，踌躇满志。作为美国国家安全事务助理，他与尼克松总统谋划了远交中国、制衡苏联的战略。他借口腹泻，躲开随行记者的视线，从巴基斯坦秘密飞往北京，履行特殊使命。广袤而神秘的土地、传奇而神秘的领袖、儒雅而智慧的总理，都让这位外交官充满开创历史的兴奋与紧张。

2011 年 2 月，我在北京采访了即将卸任的美国驻华大使洪博培。媒体纷纷预测这位前犹他州州长很有可能是回国为 2012 年的总统竞选做准备。采访中他向我说起了一个故事：1971 年，他当时只有 11 岁，因其父担任尼克松总统的特别助理而有机会到白宫去参观。这一天他看到基辛格博士正拎着一个公文包向门口的轿车走去。洪博培主动帮博士拎包，还随口问了一句："您这是去哪儿啊？"基辛格轻描淡写地回答道："去中国。"而这正是当时美国最大的国家机密！当然小男孩完全不知这个信息的重大历史意义和新闻价值。在当时的情形下，就算他告诉了别人，也没人会相信。我问大使对比当年，现在对外交官的要求有何不同？他说："大概是沟通吧。当年政治家们可以关起门来进行秘密外交，今天领导人还没见面就要向媒体说明自己要谈判的内容。与公众的沟通意识和能力至关重要。"

而在当年，中国领导人虽已有重启中美关系的想法，却苦于没有有效的沟通渠道。毛泽东主席在国庆二十周年时邀请美国记者斯诺登上天安门城楼，就是在向美国释放缓和的信息。不过美国人并没有读懂这一层深意。"我们不像中国人那样善于用隐晦的方法婉转地表达，也不善于从一张照片的排序去猜测对方的深意。斯诺对中国太友好了，我们当时只把这解读为宣传手段。那时中美两国就像是待在同一房间里的两个盲人，互相摸索着想找到对方。"基辛格博士这样说。历史的交会就这样险些被错过。当然，机缘的偶然性可能推迟，但并不能中断历史的进程，就像江河入海，潮流不可阻挡。中、美这样的两个大国不可能长期隔绝，这就是政治远见，也是政治常识。《中华人民共和国和美利坚合众国关于建立外交关系的联合公报》的发表奠定了两国关系正常化的基础，这份公报中有关"美国认识到台湾海峡两岸的中国人都坚持只有一个中国的立场，美国对此并无异议"的原则，在英文中选择了 acknowledge，而非 recognize，巧妙地化解了两国在这个核心问题上的争论，被周恩来称为体现了哈佛水平。而基辛格也对周恩来的智慧深深佩服，他回忆说："周看了《联合公报》的草稿后说'没有人会相信两个二三十年没有交谈过的人突然在所有问题上都达成了一致。我们最好再写上我们存有异议的地方，这样那几个达成一致的观点就更突出了'。这才是真正的天才之作。"

此时的乔治·布什对两国最高层的秘密外交还蒙在鼓里。作为美国驻联合国的代表，他从中国外长黄华拒绝与苏联大使握手的一幕中察觉到玄机。他作为外交使团的官员随尼克松总统访华时，按级别只能坐在前排靠边的位置。在他的对面，中国前排官员的最末端，坐着一位矮个子的中年人，他们友好而矜持地相互点了点头。他就是邓小平。对中国的强烈好奇让老布什在1973年谢绝了出任驻英国或法国大使的邀请，要求来北京担任联络处主任。他相信中国代表未来。他与夫人芭芭拉骑自行车周游北京，免费给围观的中国人照相，与他们聊天，由此获得了"自行车大使"的雅号。当他离任，就职美国中央情报局局长时，邓小平还专门设宴送行。席间，邓小平敬酒时开玩笑说："你不会是一直在监视我们吧？即使如此，我们也还是朋友。"

我在缅因州克尼班伯镇沃克角的老宅里采访了老布什。这是一个宁静的滨海小镇，海与天都蓝得透明。一周前，他刚刚以3000米高空跳伞的方式庆祝了85岁生日。

回到中美关系的话题上，他回忆说："柏林墙倒塌之后，苏联解体，东欧政府纷纷更替。当时很多人预测中国不久就会步其后尘。但我不那么看。中国的改革开放当时已经让中国经济起死回生，社会不再封闭，人民生活有所改善，这样的政府不太可能倒台。如果中国的改革再晚10年，情况就很难说了。"

说起中国的改革开放，新加坡资政、前总理李光耀对邓小平的政治远见印象深刻。2009年，我在新加坡总统府Istana采访了他，这位已经经历过50多年大风大浪的老人，从容淡定。不过他说让他感到惊奇的政治事件只有两个：苏联的迅速解体和中国的改革开放。对30年前与邓小平的会面他记忆犹新："我当时在新加坡设晚宴招待他。他说早年赴法留学时曾途经此地，当时这里脏乱落后。他为新加坡取得的成就向我表示祝贺。我说，'新加坡华人的祖先都是福建、广东不识字又缺少土地的底层农民。真正的知识精英、文化传统都在您那里。我们国小而脆弱，尚能有所作为，你们没理由做不好啊！'邓小平沉默了一阵子，没有回答我。但是当他若干年后南方谈话时，我听说他对干部们说，'我们要向新加坡学习，并且要比他们管得更好。'这算是一种回应吧。"

2010 年，中国在全球竞争力的排名上升到第 27 名，而在 20 世纪 80 年代，中国的许多官员还没有听说过这个概念。李光耀记得当年江泽民在上海做市长的时候曾带队访问新加坡，询问新加坡没有什么自然资源，为何能吸引这么多的外资。李光耀告诉他，秘诀就是全球竞争力排名。它是综合性的概念，不仅包括基础设施这些硬件，更重要的是法治环境、政府效率、商业友好、社会开放、劳动力素质等软件因素。他的话给江泽民带来了启发。有意思的是，在上海世博会期间，李光耀先生应邀在上海浦东干部学院演讲，而我则出任主持人。席间，李光耀再次提出法治环境的重要性："上海有了国际一流的城市硬件，要想进一步提升自己，就必须下功夫改善法治、教育、人才这些软件。说句得罪人的话，虽然中国已立法保护合法的私有财产，但现在有不少中国有钱人还是选择把相当一部分财产存在新加坡，就是因为怕有一天政策有变，财产不保。"我追问："那您是希望中国进一步完善法治，让老百姓安心把钱存在国内呢，还是宁可他们存有顾虑，继续把钱存在新加坡呢？"观众都心领神会地笑了起来，已经 80 多岁的李光耀反应灵敏，他探着身子两眼盯着我，面露狡黠地说："你猜！"众人大笑。

不过即使你有了审时度势的雄才伟略，许多英明的决定也可能完全是误打误撞。美国前总统吉米·卡特在接受我采访时回忆说："中美建交前夕，我瞒着国务院直接领导对华谈判。一天深夜，我在梦中被电话惊醒。我在北京的谈判代表说，邓小平问能否每年派 5000 位留学生来美？我睡意甚浓，有点不耐烦地说，让他们派 10 万人来也没问题。"结果这个数字就成为中国赴美留学生的签证指标。这番话让我想起1994年准备赴美留学的我。在北京的美国大使馆排了两个多小时队后，我从一个小窗口递上所有的资料，心怦怦直跳，生怕被面试官拒签，因为我前面的那个小伙子好像根本没轮到回答问题就被拒了。那时我已经辞去了中央电视台的工作，如果被拒签，将意味着被列入了黑名单，以后签证就更难了。正在我忐忑不安之时，签证官抬起疲倦的双眼，打量了我一番，毫无表情地说："我会给你签证，因为我相信你在这里有很好的发展条件，应该不会有移民倾向。"还没轮到我回应，他就在我的申请表上签了字。如果当年卡特总统随口说，那就让他们派5000人来吧，我还会有留学美国的机会吗？想到这儿我不禁莞尔一笑：可见睡觉被吵醒也不一定是坏事。

（摘自《读者》2011年第13期）

我为什么愿意穿越回宋朝

吴晓波

前日，有杂志给我发问卷："如果你能穿越，最喜欢回到哪个朝代?"我想了一下说："宋朝吧。"

为什么是宋代呢? 那不是一个老打败仗、老出投降派、老没出息的朝代吗? 连钱穆老先生都说："汉唐宋明清 5 个朝代里，宋是最贫最弱的一环。专从政治制度上看来，也是最没有建树的一环。"

其实我想说的是，强大就值得向往吗? 在我看来，与汉唐明清相比，宋代就是一个不太强大但让人有幸福感的朝代。

宋代开国 100 多年后，当时的人们开始比较本朝与其他朝代。我们现在听不到他们讨论的声音，不过估计也与现在一样，感叹"这是一个最好的时代，这也是一个最坏的时代"。有一位大学问家叫程颐，说得比较具体，他总结"本朝超越古今者五事"：一是"百年无内乱"；二是"四圣百年"——开国之后的 4 位皇帝都比较开明；三是"受命之日，市不易肆"——改朝换代的时候兵不血刃，没有惊扰民间；四是"百年未尝诛杀大臣"——100多年里没有诛杀过一位大臣；五是"至诚以待夷狄"——对周边蛮族采取怀柔政策。由此可见，宋代确实是别开生面的。

宋代的皇帝对知识分子很尊重。看着实在讨厌了，就流放；流放了一段时间，突然想念了，再召回来。文人之间也吵架，但大多不会往死里整。王安石搞变法的时候，司马光在大殿上跟他吵。之后司马光被贬到洛阳，埋头编《资治通鉴》，编累了，就写一封公开信骂骂王安石。王安石看到了，也写公开信回骂。

宋代对商人很宽松。在汉朝的时候，商人要穿特别颜色的衣服，不能坐有盖子的马车；到了唐朝，《唐律》仍然规定"工商杂类不得预于士伍""禁工商不得乘马"，而且商品交易只准在政府规定的"官市"中进行；到了宋朝，这些规定都不见了，商人子弟可以考科举当官，文人们都不太在意自己的商人家庭背景。朱熹就很得意地回忆说，他的外祖父是一个开酒店、做零售的商人，当年可有钱了，"其邸肆生业几有郡城之半，因号半州"。政府对集市贸易的控制也完全地开放了，老百姓可以在家门口开店经商。各位日后看电视剧，看到老百姓随地摆摊做生意的场景，那都是宋朝以后的景象。如果电视剧演的是汉唐故事，你大可以写微博去嘲笑一下编剧。

宋代的文明水平达到前所未有的高度。中国古代的"四大发明"，除了造纸术之外，其余3项——指南针、火药、活字印刷术均出现于宋代。台湾学者许倬云的研究发现，"宋元时代，中国的科学水平到达极盛，即使与同时代的世界其他地区相比，中国也居领先地位"。宋代的数学、天文学、冶炼和造船技术，以及火兵器的运用，都在世界上处于一流水准。

宋代的城市规模之大、城市人口比例之高，超出了之前乃至之后的很多朝代。两宋的首都汴梁和临安，据称都有百万人口。当时的欧洲，最大的城市不过15万人。

法国学者谢和耐断定："在宋代尤其是在13世纪，透出了中国的近代曙光。"南宋灭亡之后，蒙古人统治了中原 98 年，之后又有明清两朝，其高压专制程度远远大于宋代，更糟糕的是，实行闭关锁国政策，中国人的格局从此越来越小，文明创新力也几乎丧失殆尽。

简单说到这里，你知道我为什么愿意穿越回宋朝了吧——跟汉朝比，宋朝无内乱；跟唐朝比，宋朝更繁华舒适；跟明清比，宋朝更开放平和；跟当代比，宋朝没有空调、汽车和青霉素，也没有含三聚氰胺的牛奶。其实，人生如草，活的就是"从容"两字。

（摘自《读者》2012 年第 16 期）

朋　友

古　龙

一个孤独的人，一个没有根的浪子，身世飘零，无亲无故，他能有什么？

朋友。

一个人在寂寞失意时，在他所爱的女人欺骗背叛了他时，在他的事业遭受挫败时，在他恨不得买块豆腐来一头撞死的时候，他能去找谁？

朋友。

有人说：世间唯一无刺的玫瑰，就是朋友。

我并不十分赞成这句话。

朋友就是朋友，绝没有任何东西能代替，绝没有任何话能形容——就是世上所有的玫瑰，再加上世上其他所有的花朵，也不能比拟友情的芬芳与美丽。

绝不能。

如果你曾经在塞北苦寒的牢狱中，受尽了饥寒寂寞之苦；如果你曾经穷困潦倒，受尽了世人的讥嘲与冷落。

如果你那时有朋友，知道在远方的某处，还有一个人在关心着你，那么你的痛苦一定会减轻许多。因为你知道你还有朋友；就算只有一个朋友，也已足够。

白马非马。

女朋友不是朋友。

女朋友的意思，通常就是情人，情人之间只有爱情，没有友情。

爱情和友情不同。

爱情是真挚的，是浓烈的，是不顾一切、不顾死活的，是可以让人耳朵变聋、眼睛变瞎的。

可惜爱情通常都是短暂的。但是这并不可悲。

因为爱情到了"情到浓时情转薄"的时候，会变成无情，到了"此情可待成追忆"的时候，会变成忘情。

但是真挚的爱情得到细心良好的灌溉时，一定会开放出一种美丽芬芳的花朵——友情的花朵。

友情和爱情不同，可是基本上，却一定是相通的。

因为那都是人类最纯真、最原始，也最现代的情感；就因为人类有这种情感，所以人类永存。

多年的朋友，患难与共，到后来一定会有爱——绝不是同性恋那种爱，而是一种互相了解、永恒不渝的爱。

多年的情人，结成夫妻，到后来一定会有友情——一种互相信任、互相依赖、至死不离的友情。

在百花竞放的春天，在寒冷寂寞的冬天，在你大醉初醒时，在你从温柔甜蜜的梦中醒来时，你可以看见睡在你枕畔的就是你多年以来患难与共、始终厮守在你身旁的妻子。

那是一种多么伟大的幸福！

那时你能不能分得清你与你妻子之间的情感，是友情还是爱情？

是友情也好，是爱情也好，只要是真情，就值得珍惜，值得尊敬。

朋友有时会像妻子般亲密，与妻子也会有朋友般的友情。

所以我喜欢朋友，也希望能有妻子。

但愿有一天，我能拥有这一切。

可是，假如在这两者之间我只能选择一样，我宁可选择朋友。

（摘自《读者》2016 年第 1 期）

俺村、中国和欧洲

刘震云

一

　　我从小生长在中国河南一个偏僻的村庄里。接触欧洲，是从身边的生活用品开始的。

　　直到现在，中国人划分世界还用两个概念：西方和东方。西方是指欧洲和北美，东方是指中国和中国附近的国家。由于水的关系、太平洋的关系，中国人还用另外两个概念划分世界，称欧洲和北美为"西洋"，日本为"东洋"。从 19 世纪中叶起，"西洋"和"东洋"轮番入侵中国，中国人便称欧美人为"西洋鬼子"，日本人为"东洋鬼子"。随着"西洋鬼子"和"东洋鬼子"的入侵，他们的商品也源源不断地来到了每一个中国人的身边。俺村的吃、穿、行，都和欧洲发生了千丝万缕的联系。

二

东西方文化的差异，不但反映在宗教等精神层面，更多的潜藏在日常生活的各个角落。当两条河流交汇到一起时，误会便悄然而生。当然，误会会产生许多冲突，也会推动双方的进步。更重要的是，误会还会生出许多乐趣来。1993 年，有两个德国朋友，随我到了河南老家，到了我们村，与我外祖母有一番对话。那年我外祖母 93 岁。两个德国朋友一个叫阿克曼，一个叫威兹珀。外祖母问阿克曼："你住在德国什么地方？"阿克曼："德国北方。"外祖母又问威兹珀："你呢？"威兹珀："南方。"外祖母用我们村庄间的距离丈量后，感到奇怪："那你们是怎么认识的？"阿克曼非常幽默："赶集。"又问："德国给每个人划多少地呀？"阿克曼虽然精通中文，但弄不清"亩"和"分"的区别，答："姥姥，八分。"外祖母大惊，从椅子上站起来，拄着拐棍，着急地说："孩子，你这么高的个头儿（阿克曼身高两米），怕是吃不饱。"阿克曼想了想，自己每天也能吃饱，接着意识到自己答错了，忙纠正："姥姥，不是八分，是八亩。"外祖母松了一口气，接着又发愁道："一人八亩地，活儿有些重呀，你媳妇儿肯定受累了。"分别的时候，两个德国朋友拉着我外祖母的手，有些不舍。

三

东西方文化的差异，看似潜藏在生活的方方面面，但从根本上论，还是因为世界观和方法论的不同，东西方哲学的不同。2009 年 9 月时，我来到杜塞尔多夫。杜塞尔多夫临着莱茵河。这天傍晚，我和杜塞尔多夫的朋友麦润在莱茵河畔散步，我顺口问了一句："莱茵河的河水有多深？"麦润马上显得非常紧张，皱着眉头想了半天说："你这个问题很难回答。"我有些不解：

"为什么?"她说:"因为,莱茵河水的深度,春天跟夏天不一样,秋天跟冬天也不一样。"我听后哭笑不得。如果是在我们村,你随便问一个村里人,村边河水的深度,他都会马上给你答案。他不会考虑春夏秋冬,他关心和想到的,就是当下河水的深度。如果他不知道精确的深度,也会说:"两米吧。"或者:"两三米吧。"知道这种差别,我就不再难为麦润,不再追究莱茵河的深度。第二天傍晚,我和麦润又见面了,麦润问我:"今天过得怎么样?"我用麦润的逻辑,回答:"你这个问题很难回答,因为我今天早晨过得跟中午不一样,中午跟晚上又不一样。"麦润弯着腰笑了。

(摘自《读者》2015 年第 6 期)

一辈子和诗词谈恋爱

赵晓兰

叶嘉莹，号迦陵。1924 年出生于北京，1945 年毕业于辅仁大学国文系，1991 年当选为加拿大皇家学会院士，1993 年受邀担任南开大学中华古典文化研究所所长。

叶嘉莹是蜚声中外的学者，且不说诗词创作、理论研究，光是教书育人这一项，教了 70 年书的她，培养出无数人才，如今 90 岁高龄仍站在讲台之上，在传播中国文化方面功不可没。著名红学家冯其庸称赞叶嘉莹讲解诗词"阐说精妙，启发无穷"；学生们说"老师不但写诗是天才，讲诗也是天才"；更有人无限仰慕地说："她站在那里，就是对古典诗歌最好的注解。"

"新知识、旧道德"的启蒙教育

台湾诗人痖弦形容叶嘉莹"意暖而神寒"，是"空谷幽兰一般的人物"。

这种气质的形成，和叶嘉莹从小所受的教育不无关系。她出生在北京的一个大家族，本姓叶赫那拉，祖上是蒙古裔的满族人。叶嘉莹的父母对她采取的是"新知识、旧道德"的家庭教育，虽然准许她去学校读书，但生活上对她约束极严。她被关在四合院里长大，甚少与外界接触。封闭的庭院，在她眼里却是一个自足的小世界，窗前的修竹、阶下的菊花，都成了她即景生情吟咏的对象，也让她自小养成了内向文静、幽微深远的性格。

父亲教叶嘉莹认字读书，开蒙的第一本教材就是《论语》。当她读到"朝闻道，夕死可矣"，幼小的心灵极受震撼："道"究竟是一种什么样的东西，为了它竟可以舍弃生命？对于圣贤之书，叶嘉莹强调必须真正用心去读，并且贯彻到行动中去。"现在的年轻人只是'入乎耳，出乎口'，那是不行的，圣贤的语言在你身体里根本没发生任何作用。'入乎耳，箸乎心，布乎四体，形乎动静'，那才是对的。"叶嘉莹对记者说。

圣贤之书让她相信，宇宙之间自有一种属"灵"的东西存在，当人生困厄降临时，便多了应对的力量。读初中二年级时，北京被日本人占领，叶嘉莹整年吃不到白米白面，只能吃一种混合面。"酸酸臭臭的，又干又粗糙的渣滓，老舍《四世同堂》里，祁老先生的曾孙女宁愿饿死也不吃。"但是叶嘉莹没有怨言，拌上最咸的酱吃下去。

1941 年，叶嘉莹才 17 岁，父亲远在后方，失去音讯，母亲忧思成疾去世，身为家中长女，她还要照顾两个年幼的弟弟。幸而当时有伯父伯母的关照，她的学业并没有中断，还如愿考上了辅仁大学。精于古典文学的伯父十分欣赏她的天分，并引导她走上诗词创作、研究的道路。

另一个对她产生一辈子影响的人，是她在辅仁大学的恩师顾随先生。叶嘉莹至今保存着老师当年写给她的信。老师希望叶嘉莹能够青出于蓝而胜于蓝，"别有开发，能自建树"。信是用漂亮的繁体行草书写，叶嘉莹保存至今。读书时，她对顾先生的一字一句都舍不得错过，记下了厚厚的 8 本听课笔记，在颠沛流离中始终妥善保存。后来，她把笔记都交给了顾随的女儿顾之京，并一起整理成书。这是叶嘉莹认为自己这辈子做得最有价值的事情之一。

风雨逼人一世来

叶嘉莹曾说，她的一生都不是自己的选择，从来都是命运把她推往何处就是何处。"让念书，也就念了。毕业后让教中学，也就教了。一位老师欣赏我，把他弟弟介绍给我，后来也就结了婚。"

刚开始教书时，生活清苦。冬天，叶嘉莹里面穿着大棉袄，外面穿一件布做的长衫。因为骑车，天长日久，衣服的后面磨破了，她就打着个大补丁去上课。"只要我讲课讲得好，学生对我一样尊敬。"她有这种信念，因为她记得《论语》中说过："士志于道，而耻恶衣恶食者，未足与议也。""士"之所以与众不同，是因为"无恒产而有恒心"，即便一无所有，内心仍保有高洁的品德和操守。

叶嘉莹的丈夫是国民党海军教官，婚后不久，她就跟着丈夫去了南方，1948年又随国民党撤退到台湾。颠沛流离中，她写下这样的诗句："转蓬辞故土，离乱断乡根。"个人命运在大时代面前被彻底改写，她从此背井离乡。

1949年年末，他们的大女儿才4个月，台湾的白色恐怖弥漫开来，丈夫因被怀疑是"匪谍"而被抓。不久后，叶嘉莹任教的中学，从校长到老师都被认为有思想问题，全部被审查。叶嘉莹没了工作，只好投奔丈夫的姐姐。夜里，在主人家的走廊上铺个地铺；中午，为了避免孩子打扰主人午休，叶嘉莹不得不出门，在烈日之下抱着女儿在树荫底下徘徊。

3年后丈夫出狱，性情却大变，经常不可理喻地暴怒，妻子成了他首当其冲的发泄对象。本来，生活的重担已把叶嘉莹压得透不过气，丈夫又加重了她的身心负担。她经常噩梦连连，近乎窒息，甚至有过轻生的念头。在绝望中，她只有"把自己一部分的精神感情完全杀死，才有勇气生存下来"。

后来，经师友介绍，叶嘉莹到淡江、辅仁、台大 3 所大学任教。生下小女儿后，她没能好好休养，身体不堪重负，又染上哮喘，每天下课回家，都会感到胸部隐隐作痛，身体似已被掏空。她想起了王国维《水龙吟》中的句子"开时不与人看，如何一霎蒙蒙坠"，不免自伤。

后来，王安石的一首诗，给了叶嘉莹一抹精神的灵光。她记得诗是这样写的："风吹瓦堕屋，正打破我头。瓦亦自破碎，匪独我血流。众生造众业，各有一机抽。世莫嗔此瓦，此瓦不自由。"后来她发现，自己的记诵与原诗并不完全相合，但她默默要求自己：不要怨天尤人，对待郁郁不得志的丈夫，也要宽容忍让。而这一忍，就是一辈子。这位情感丰富的女诗人，尽管深谙诗词中的儿女情长，自己却从未真正恋爱过。她的小女儿说，母亲一辈子都在和诗词谈恋爱。

以悲观之心情过乐观之生活

由于出色的教学成就，叶嘉莹的名声散播开来，她获得了台湾大学的教授职位。1966 年，叶嘉莹受邀赴美国密歇根大学及哈佛大学讲学，后又接受了加拿大不列颠哥伦比亚大学的聘请，在温哥华定居下来。

在异国他乡用英语授课，叶嘉莹一方面大量阅读西方文论，另一方面，她有自己独特的讲课方法。她对学生说："诗歌是有生命的，我的英文也许不够好，我的文法、发音或许不够准确，但我讲一首诗，会把我所体会到的其中的生命感情讲出来。"她发自内心的真诚超越了语言和国界，在异国他乡让无数人爱上了中国古典诗词。

在拿到学校的终身聘书后，叶嘉莹以为自此就能安稳度日了，不料却再生变故。1976 年，她的大女儿和女婿遭遇车祸，双双亡故。她强忍着悲痛为女儿女婿料理完后事，把自己关在家里，拒绝接触外面的一切。在这期间，她写下了 10 首《哭女诗》。

诗词不仅帮助叶嘉莹排解悲痛，更给予她走出这种生死劫难的力量。1977 年，她终于有机会回到阔别已久的祖国大陆。在火车上看到有年轻人捧读《唐诗三百首》，她觉得，尽管这个民族历经劫难，但诗歌的灵魂未死。叶嘉莹重新燃起了内心的激情，决心回国。

从 1979 年开始，叶嘉莹每年自费回国，在各地高校讲授诗词。当时"文革"刚结束，传统文化断层严重，学生们内心对于学习古典诗歌有着极大的渴求。很多教授还在用陈旧的阶级分析法解释诗歌，叶嘉莹却讲解诗歌的"兴发感动"，并旁征博引，令学生们激动万分。

课堂上反响热烈，连叶嘉莹自己也完全沉浸其中了。"白昼谈诗夜讲词，诸生与我共成痴。"经原辅仁大学外文系教师李霁野介绍，她来到南开大学，就此与南开结下深深的情缘。到了快退休的年纪，叶嘉莹却用讲学把生命填得满满的，她想起老师顾随先生说过的话："一个人要以无生之觉悟为有生之事业，以悲观之心情过乐观之生活。"重新焕发的热情，让她抛却了"小我"的狭隘和无常。

诗歌使人心不死

叶嘉莹写过："书生报国成何计，难忘诗骚李杜魂。"对她来说，"报国"最重要的方式就是教书育人。讲课时，不管学生是初中生还是研究者，她一定尽己所能，把古典诗词的好处讲出来。对她来说，这不仅是对不对得起学生的事，更是"对不对得起杜甫、辛弃疾"的事情。

从 20 世纪 40 年代就开始教书，叶嘉莹的好多学生现在都是 80 多岁的老人了。今年她 90 岁生日时，有学生打电话给她，说很抱歉，老师的寿辰来不了了，因为已经不能走路了。叶嘉莹用自己澎湃的热情，深深感染了遍布世界各地的学生。台湾作家陈映真曾经回忆："叶教授能在一整堂课中以珠玑般优美的语言、条理清晰的讲解，使学生在高度审美的语言境界中，忘我地随着她在中国古典诗词巍峨光辉的殿阙中，到处惊叹艺术和文学之美。"

也有学生问过叶嘉莹："叶先生您讲的诗词很好听，我也很爱听，可这对我们的实际生活有什么帮助呢?"她这样回答："你听了我的课，当然不能用来评职称，也不会加工资。可是，'哀莫大于心死，而身死次之'。古典诗词中蓄积了古代伟大诗人的所有智慧、品格、襟抱和修养。诵读古典诗词，可以让你的心灵不死。"

2013 年之前，叶嘉莹几乎每年都要在北美和中国之间来回奔波，不过，南开大学已然成为她从事古典诗词研究和推广的重要基地。早在 11 年前，叶嘉莹就受邀担任南开大学中华古典文化研究所所长。不久前，有热爱中国诗词的友人听说她今后将定居南开，决定捐资，与南开合作为她兴建了一栋集科研、办公、教学、生活于一体的小楼，定名为"迦陵学舍"。

如今，叶嘉莹正在从事一项浩繁的工程。"我教书 70 年，历年的讲课、讲演的录音，有 2000 小时以上。"她指指家里摆着的一个个行李箱，"这些都是我带回来的历年的讲课录音和录像。"学生们正在帮助她整理成书。她的著作文白相杂，理论性强，而讲课时深入浅出，整理出来更利于向读者普及。

晚年的叶嘉莹将传承古典文化作为自己的责任。在她看来，"人生总有一天会像燃烧的火柴一样化为灰烬，如果让这有限的生命之火为点燃其他木柴而继续燃烧，这火种就会长久地流传下去，所以古人常说'薪尽火传'。有人曾劝我，年纪慢慢大了，该多写点书，少教些课。这话也有道理，可是当面的传达才更富有感发的生命力。如果到了那么一天，我愿意我的生命结束在讲台上……"

叶嘉莹说人生最大的困难，是找到意义和价值。这难题，她早已解开。

（摘自《读者》2014 年第 15 期）

别对这个世界有偏见

杨熹文

看到网上论坛里留学生们讨论的一个话题：长期在异国生活，对你产生了哪些影响？有人说饮食，有人说习惯，有人回答"经历一场旅行，才发现很多事情只是不同，并无是非"。那时的我才开始静静思考，出国这件事使得我宣泄掉无处安放的热情，让我性格奔放，让我体味到生命的另一种狂欢，也为我打开一扇联结着另一种文化的巨大窗口。或许，它带给我的比较深层次的改变，是让我渐渐消除了对这个世界的仇恨和误解。

就像我曾经认为，印度人是最肮脏猥琐的人。

他们说一口音律混乱的英文，信奉数不尽的神灵，表面宣称"众生平等"，心里却对三千年不变的种姓制度念念不忘。他们吃气味浓重的咖喱，手里抓着僵硬的馕，掌心纵横的纹路里，是淤泥肮脏的颜色。

成年的印度男孩，在荷尔蒙分泌旺盛的夏天，四处找寻可以泄欲的少女。贫穷人家的女儿，穿越一片树林去上厕所，很可能就成了他的猎物。

　　一条横越北印度平原两千五百多公里的恒河，养育着这片土地上超载的人口。垃圾密集地浮在水面，发出腐臭的气息，枯瘦的妇人蹲在河水里，用最原始的方法洗衣。天黑时，孩子们从里面舀上几瓢水回家煮饭。那死寂昏暗的恒河下，藏着夜祭后无处安放的千万具尸体。

　　可是后来，我却发现了这样的印度人：他们穿戴整齐，男人头顶缠着头巾，女人身披纱丽，额头缀上一点红，有教养的小孩和我们一样，在任性和撒娇的年龄里学会了说"请"和"谢谢"。十平方米杂货店的老板，在递给我的塑料袋里，热情地装进一把糖果；一同上课的同学，拿出自备的午餐，慷慨地和我分享；我的印度邻居，是一对平凡的小夫妻，来自印度北方的省份，他们把大部分的时间放在工作上，剩下的日子里宴请朋友。送给我的印度糕点和每周六晚响起的音乐告诉我，这是一个热情的民族。他们伸出手，友好地用中文腔调说"你好"，手掌心里延伸开的纹路，虽然黝黑，却并不肮脏。

　　我曾经认为，日本人是最面目可憎的。

　　他们从一个渺小的岛国而来，是战争中丧尽天良的魔鬼，单在南京进行长达六个星期的大屠杀，就枪杀、活埋掉三十多万的中国人。残暴的日军，恬不知耻地用报纸记录着杀人竞赛，于是那些无辜同胞的鲜血喷在日军的军装上，气息微弱，眼睛却还怔怔地留恋着这片土地。

　　日军掠走图书，烧掉村落，踢开乡亲的木门，糟蹋少女和老妇。还来不及繁荣的土地上，到处是含恨的孤魂，鲜血在尸体下凝结成暗黑色的痕迹，那是复仇的符号。于是我们的印象中，总是有这样的画面：留着小胡子的日本人，一脸凶残的模样，举起尖刀，刺向怀抱幼儿苦苦求饶的中国母亲。

　　可是后来，我也看到了这样的日本人：二十几岁的年轻男孩，笔直地站在日本餐馆里，毕恭毕敬地鞠躬问好，一只手拿着菜单，一只手为客人引路，很有修养；曾经住在同一个屋檐下的日本女孩，在便利店上班，常常带给我一份免费的便当，休息日又抱走我的床单拿去清洗，她说她对历史感到抱歉，说我很像她的妹妹，希望我们能够成为朋友。

我也遇到过这样的老人家，他们已年迈，唯一的愿望，是可以结伴去中国的东北看一看。在战争年代里，他们是军官父母身边依附着的幼童，不懂炮火硝烟的意义，只记得和中国的小伙伴在院子里玩耍的场景。他们仍能磕磕绊绊地说出几句中文，靠这些重返遥远的过去。抛去历史那一端的仇恨，这一代的他们不再是可恨的人，而是和我们一样有血有肉，热爱这世界可贵的和平。

我曾经认为，欧美人是最虚伪，也最小气的一群人。

他们拥有好看的脸庞，却从那双带着颜色的眼睛里透出一股不可一世的傲慢。

他们喜爱责难来自拉丁美洲的落魄难民，也看不起唐人街黄皮肤的中国人，明明前一秒还在宣称和平，下一秒就把战争的旗帜插在手无缚鸡之力的落后小国。他们也许刚刚还向朋友炫耀自己重金购来的保时捷，转脸便对之后的午餐提出 AA 制。

可是后来，我却见到了这样的欧美人：我迷失在回家的路上，在相似的几条街上徘徊不安，夜晚的树影铺满路面。最后是一辆 20 世纪 20 年代的老爷车停下来，里面一对年过六旬的夫妻载我回了家，赠我一个手电筒，挥手再见的时候和我讲："很高兴是我们送你回家，而不是别的什么人。"

我的老邻居克雷斯，经常在番茄最贵的季节，摘一篮温室里的果实放在我门口的石阶上；约我去吃饭的小伙子，也没有在结账的时候对我讲"请支付你的那一份"。他们并不冷血，不同肤色下，拥有着全人类共有的热情与善良。

每一种文化的根基里，都存在着对另一种文化的偏见，幸好可以靠旅行去瓦解消除。而我想，一个人成长的标志之一，大概就开始于接受世界的不同，承认别人的强大之处，能够跳出陈旧的偏见，去客观地感悟并做出判

断。我要感谢这一场跨越九千多公里的流浪，是它让我看到世界另一端的和
煦美好，成全我与世界真挚坦诚的相爱。

（摘自《读者》2019 年第 11 期）

于细微处见李敖

曹景行

一身侠骨

我最后一次见李敖是 2014 年元旦刚过，陪上海朵云轩的几位朋友登门拜访。热聊间他要送书给我，随手从书架上抽出两本，拿出笔来留字。翻到《你笨蛋，你笨蛋》那本书的扉页，他刚写上我和妻子的名字，有点犹豫停顿，眼光中闪出一丝狡黠。我会意地笑说"没问题，我们自认笨蛋"，他却接着写了一行"笨蛋指他"，落款"李敖"。这正是李敖好玩的一面，细腻的一面。

书上第一张照片题为"高信疆死矣"，照片中李敖站在挚友墓前低头看着碑文，很有点凄凉孤独的感觉。墓地近海，风大，李敖外衣裹身而显得瘦小。书中第一篇是李敖 2001 年写的《送高信疆归大陆序》，第一句就说到了生离死别。

我 1997 年初次拜访李敖，就是由高先生引见的。早先我在香港明报集团旗下的《亚洲周刊》供职，高先生那时为集团总编，是我的上司。他有台湾"纸上风云第一人"的美誉，缘于数十年在文学、媒体上的不断抗争、开创和辛劳；他热心仗义，扶持新人，帮助朋友（包括李敖）。高先生同李敖的交情非同一般，李敖同胡因梦要匆匆成婚，就拖他去证婚。李敖傲视天下，骂人无数，却对高先生"恭敬而知心"。

高先生到北京帮香港商人办新刊并不成功，此后虽如闲云野鹤，心情却难舒畅，身患重病而不自察。一天，他回台湾同李敖吃午饭，李敖发觉他脸色很不好，第二天就陪他去和信医院，还带上 10 万元（新台币）现金。到了和信医院，李敖把钱放在柜台上，说："请你把他收押。"可惜为时已晚。李敖说，高先生死前两小时，"我跟他在一起"。好友走了，李敖二话不说拿出 70 万元新台币（约合 15 万元人民币）为他买了块墓地，也就是前面提及的那张照片的拍摄地。李敖的女性挚友陈文茜说，"李敖那时自己也并不富裕"。香港朋友马家辉写道："在金钱背后，不能不说有着一股热血和一身侠骨。"

其实，李敖把高信疆"押送"去医院之事，只不过是早几年他自己被友人送医救命的翻版。2001 年我去李敖台北的书房，发现他刚动过手术成了"无胆之徒"，腰间还留着尺把宽的白色箍带。在我看来，李敖本来就是"医盲"，前些时候他感到不舒服，看了两次医生，都说是感冒，开了药，他被打发回家。过了两天，一位开医院的朋友到访，一见面就骂："你眼睛都发黄了，见你鬼的感冒！"朋友立即把他硬架到自己医院的手术台上，在他腹部打了 4 个小孔，把坏死的胆囊取走。

老顽童

到我们见面时，他已养得白嫩许多，比先前还要神气活现，连"丧胆"之事都变成他口中的风光。但我还是感到他的一些变化。那一年李敖流年不利，他得病之前几个月，92 岁的老母去世。李敖孝母，在自家楼上买了一套房子给母亲住，生怕出事，还装了摄像头时时监护。母亲去世让他想到自己的死，"我一直把妈妈看作我同阎罗王之间的一道隔墙，现在墙没有了"。他更担心两个年幼的孩子，尤其在大病之后。他病中小女儿前去探视，问了一句："你如果死了，我们怎么办？"这让 66 岁的李敖警觉到，要更多为孩子今后的日子着想。好在老天爷成全他，让他多活了十七八年，看着孩子长大，见世面，过上不错的日子。

那天提到孩子，李敖马上变得柔和起来。他告诉我，前些日子朋友来看他，聊到一半电话铃响起，他接听时满脸诚恳，不断点头称"是"，这让朋友感到奇怪。他解释说，是小女儿兴师问罪，怀疑老爸偷吃她一块巧克力。我问："究竟是不是你偷吃的？"他甜滋滋地回答："是的！"

对孩子照护的回报，是人生走到最后仍有家人的陪伴。2017 年 8 月，李敖的儿子李戡发了一张照片，是他接李敖出院——"25 年来收过最棒的生日礼物：一个恢复健康的爸爸。"李戡比了个 V 字手势，坐在轮椅上的老爸却把手势反了过来——看过电影《至暗时刻》的人应该懂得他的意思。老顽童嘛！

最好的嘉宾

凤凰卫视与李敖结缘始于 1999 年 7 月《杨澜工作室》栏目赴台拍摄。杨澜在台北东丰街李敖书房对他的 3 个小时采访，让大陆观众第一次看到了

"音容宛在"的活李敖。也许是因为第一次面对大陆背景的女主持人，李敖谈古说今妙语连珠、滔滔不绝，可谓少有的精彩。李敖说一口略带东北腔的北京话，又有点大舌头，不断引经据典，还老是问"你懂我的意思吗"。

此后几年我和同事多次采访李敖。记得 2000 年 6 月的一天下午，我同凤凰卫视的同事曾瀞漪敲开他书房的门，发现他正发烧，精神有点萎靡。屋内停水，连喝的都没有。我们转身就去楼下超市给他提了两大桶纯净水回来，过了一会儿他又精神十足地对着镜头说个没完。我也见过他如何对待不喜欢的媒体和记者：先问打算做多长时间的节目，如果是 3 分钟，他就只讲 3 分钟，叫人家无法删减他的原话。

我们之间关系越来越密切。2004 年终于开播《李敖有话说》，3 年不到的时间里做了 735 集。我可以体会一个 70 岁左右的老人每星期都到摄影棚连着几小时录节目的辛苦。何况他平日怕冷又容易出汗，每次录节目都会湿透几身衣服，得换好几次内衣。但他也是台北同事眼中"对人最好的嘉宾"，对每个人都很亲和，包括对打扫卫生的和停车场的门卫，过年时李敖还会派红包给他们。

李敖与凤凰卫视近 20 年的合作，以 2005 年秋天他的回乡之旅为最高峰。我早就劝说他回大陆看看，他却一直顽抗，一会儿说自己不必周游天下照样知道天下，一会儿又说宁愿保持旧时的记忆不遭破坏。有一次我跟他开玩笑，说要用迷药把他迷倒，装进麻袋扔上走私船，偷运到北京，就搁在他女儿李文家的门口。其实我知道真正原因是他怕坐飞机，以为现在乘飞机还像许多年前那样颠簸。后来，当他终于登上飞机经香港飞往北京，才发觉现在的飞机居然如此平稳、宽敞，尤其是他坐的头等舱。

很念旧

李敖回乡，我一路看、一路听，印象最深刻的场面是他同北京小学同学的相聚。因为李敖录节目回来晚了，我同曾子墨先代他招呼这些与他同龄的老人，听了不少他童年时代的趣事和糗事。李敖一进门，我们就要考一考他自称天下无双的脑子，看他能叫出几个老同学的名字。没想到他居然认出一半以上——50多年没见过面啊！

李敖特别念旧。他在北京专门去看望当年的老师，单膝跪地，双手送上1 000美元的红包。在老同学面前，他变得前所未见的老实，话也少了许多。后来我写下一段话："那天，李敖坚持说在老同学面前他没有资格讲话；一起拍照的时候，他无论如何不肯站在中间。他送给每个老同学一支名牌金笔和一本他的书，每本都是当着同学的面签名，郑重其事地递过去。这时的李敖很传统，很念旧，很动情，很像林黛玉。"

我同李敖都属猪，年岁则相差一轮，见面时说话没大没小，开玩笑百无禁忌。他最不服气的是我父亲曹聚仁一生发表4000万字，他追不上却老是说"没有我写得好"。

4年前的那次见面留下的最后印象，是他同上海来的朋友中午吃便饭，他坚持要请客，而且从口袋里掏出一厚卷蓝色的千元大钞。接着他又展示了其他随身装备——小照相机、小刀和防狼电击器，叫人家不敢打他的主意。我在一旁看着，只好苦笑。

同李敖打交道，常常是只好苦笑。记得有一次我一边苦笑一边对他说："你李大师本领高超，敢在独木桥上翻跟头，只是跟着你上桥的人弄不好就纷纷落水。"不知这句话他是否听得进去，只是今天已无法再问他了。李敖走了，一切任人评说，不知他会不会在另一个世界里苦笑？

（摘自《读者》2018年第14期）

飞到天际

王小峰

　　齐柏林在成为《看见台湾》这部纪录片的导演之前，只是一个普通的公务员。他平时最大的兴趣是航空摄影。

　　由于齐柏林经常从事航空摄影，慢慢地，他被台湾的《大地地理杂志》发掘出来。当时杂志社的工作人员找他，他还有一种家丑不可外扬的心理，觉得应该把拍到的最美的景物的照片提供给他们发表，至于拍的景物不好看的照片，他觉得不适合拿出来发表。"我们在台湾的高山上看到高山农业，我小时候对它的认知是，这群农民都在以非常勤恳、有毅力的方式，在那种恶劣的环境下与天搏斗，然后创造出高产值，满足我们的需求。那是一个很正面的认知。"后来，杂志社做了一个选题"大地的脸"，编辑让齐柏林提供一些不同类型的照片，比如海岸线布满消波块和堤防的那种照片。当这个选题做出来之后，彻底颠覆了齐柏林过去的观念：原来这些建筑物会改变海岸的生态，可能会导致一些物种消失。这件事让齐柏林开始思考他过去见到的景物——在河流的源头兴建水电站、整座山上都是槟榔树……他开始从一个大地的观察者变成一个社会问题的观察者。"我们过去推崇的那种类似愚公移山的精神，其实不见得都正确。"齐柏林说。

齐柏林出版过 30 多本摄影集，其中有一本摄影集里全部是台湾的负面影像。他经常办影展，到各处演讲，呼吁人们保护环境。他说："你会发觉很多人对这种议题的反应是很冷漠的，他们都觉得破坏环境、破坏地球的是别人，跟他们没有直接关系。我当时在大学演讲的时候，七八成的同学都在睡觉，不爱听，我讲得也啰唆。到 2008 年，我决定换一种方式讲——拍纪录片。"

但新的问题又来了——经费无法解决。租用直升机和购买这些空中摄影设备的费用，不是一个公务员能承担得起的。那时他非常痛苦，他说："我很犹豫。如果我做这件事情，我就没有办法照顾到家里，而且又要牺牲我的退休金，值不值得？那段时间我非常讨厌自己犹豫不决的个性。我每天晚上睡觉之前都告诉自己：'为了追逐你的理想，你明天早上就勇敢地去辞职。'可是每次第二天早上一起来，我想到一家老小都要靠我来养的时候，就退缩了。"

最终促使齐柏林下决心辞职的是 2009 年的"莫拉克"台风。那是台湾 50 年来遭遇的最严重的一次台风，在南台湾地区 3 天降雨量超过了 3000 毫米。当时齐柏林坐着直升机飞到山里，眼前的景象让他震惊了。"那是我第一次在飞行摄影时掉眼泪。"他说，"3000 毫米的降雨量，那些雨落下的地方，不管过去有没有滥垦、滥伐、滥建的现象，即使是原始森林，也是撑不住的，那是一种毁天灭地似的破坏。我的第一个反应是恐惧，台湾怎么了？它好像一个被诅咒的地方，近年来大灾人祸不断；第二个反应是心疼，台湾的森林资源非常丰富，千百年的林木以傲然的姿态矗立在山头，某种程度上这是台湾人的骄傲。土地能够孕育出这么珍贵的林木，却在那一次自然灾害里受到这么大的损失，我很心疼，很难过。但是因为重灾区在南台湾，台湾其他地区的人感受不到这种自然灾害带来的伤害，所以当时我就下定决心要放弃我的工作，来拍这个纪录片。"

齐柏林要面对家人了。当他跟妈妈说要把房契拿出来时，妈妈变得非常紧张和惶恐。因为在父母眼里，齐柏林从小就是一个不让家人操心的乖孩子，这么多年一直循规蹈矩，怎么会突然要房契。妈妈问："要房契干什么？"当齐柏林说要辞职拍纪录片，拿房契做抵押时，妈妈非常反对。但是齐柏林的父亲非常理解他、支持他。齐柏林的儿子还在上高中，他问齐柏林："你辞职以后，还有钱供给我读大学吗？"当时这些问题都没有答案，齐柏林只能故作镇静，安慰儿子，鼓励他考上大学。

资金从来就没有完全到位过。制片人找到一点钱，就拍一段时间，没有钱就停下来继续找钱。他们花了整整 3 年时间，断断续续地把片子拍出来了。前后花费了大约 9000 万新台币。齐柏林不止一次想过放弃，"只要资金不到位，这种念头就会出现。"齐柏林说，"可是我又一想，我要怎么去面对赞助和支持我的人？影片最后面的致谢名单里，从 500 块新台币到 3000 万新台币，帮助过我的人的名字全部都在上面。"

《看见台湾》是一部揭露台湾伤疤的纪录片。齐柏林说："台湾行政部门负责人通过新闻得知这部片子大概是在讲什么事情，并引起很大的反响，他就包场，让官员陪他一起看。看完之后，他们都很感谢我，谢谢我拍了这部片子，他们认为民气可用。主管部门以前没办法处理环保问题，就是因为很多官员都包庇姑息这种问题。所以他们感谢我，说他们可以抛下之前的种种包袱，来改善环境了。"

更让齐柏林没有想到的是，影片上映半个月后，行政当局就宣布成立一个专门小组，这个小组的任务就是针对电影里提到的一些问题，提出解决办法。2017 年 3 月，行政当局正式宣布，不准在台湾的高山上再开辟新公路。那些准备要建的，也都不能建了。

齐柏林说："片子在台湾上映的时候，绝大多数人是支持我的，但批评我是骗子的，反而都是那些关心台湾环境问题的环保团体，他们批评我的原因是我的批判力道不足。可是台湾的电影票房、观影的人数可以证明，温柔的力量不是没有力道的，温柔的语言不是没有力道的，所以这个片子也影响了许多从事环保工作的朋友。"

（摘自《读者》2017 年第 19 期）

幸存的那个班
罗 婷

对 话

乍看上去，陆春桥是个快活的女孩儿。她皮肤很白，脸上长着雀斑，一头蓬松的鬈发，穿着明艳夸张的衣服。若是在街上遇见她，你不会猜到她来自四川山区。她在南京一所大学里学摄影，毕业后留在上海，决心在这里扎根。直到 2015 年夏天，一场对话的发生。

一位同样来自四川的前辈问她："一点儿也看不出你是经历过地震的哦。"

她说："我们班在上体育课嘛，都活下来了。"

前辈又问："你知不知道其他同学现在在干什么？他们身上发生的事，也许值得拍个片子。"她想了想，能够零星地忆起一点儿往事，但是他们在干吗，经历了什么，她不知道。

联系时已经是秋天了，上海的街边梧桐簌簌地落叶，她窝在小小的出租屋里，给她北川中学初三四班的同学们打了一个月的电话。2008 年发生地震时，他们整个班级因为上体育课而全部幸存。此后 7 年，大家很少联系。

一个月结束，她陷入巨大的震撼：地震后很多人经历的家庭变故、人生选择，还有关于爱情与亲情的复杂体验，都超出她的想象。

幸存者的悲伤

2016 年春节，陆春桥带着摄像机回老家，开始了真正意义上的拍摄。大年初三，她组织了一次同学会，他们回到北川中学的教室。8 年没见，大家都成了大人模样，有人已经是两个孩子的妈妈。但大家还是很快亲近起来，想起彼此的外号，陆春桥叫同学肖静"小脑壳"，肖静则叫她"米冬瓜"。

"我们是 5 月 12 号那天晚上，曾经一起背靠着背坐在操场上的那个班级。不管关系好还是不好，但凡能够一起经历这场地震，经历过生死，你都觉得，你跟他（她）心里面是有连接的。"

20 岁之后，他们已经开始思考自我与外部世界的关系。肖静是初三四班里几个好看的女孩儿之一，10 年后还会被男生们提起。2018 年 5 月 9 日，在北川青少年活动中心的练功房里，我们才聊了两句，这位如今的舞蹈老师，眼泪一下子滚落下来。

很莫名。她没有直系亲属或好友在地震中去世，但在 2016 年回到新北川工作后，她常常会被某种复杂的情绪击中。

有时候是走在新县城宽阔的马路上，有时候是站在崭新的少年宫里，"我会想起当时那些（去世的）同学、老师，总觉得我们现在这么好的条件，都是因为一场地震和那么多人的生命，才换来的。"肖静说。

地震那天，初三四班在操场上体育课。当时正是自由活动时间，男生们打篮球打得正开心，女生们走在买冰激凌的路上，稀里糊涂的，不晓得怎么就都摔倒了，灰尘遮天蔽日。听见有人喊叫，看到有人跑出来，再看见教学楼垮了。他们15岁，个个都蒙了。

肖静待在操场上，直到妈妈找到她，把她一下子抱住，跪下来，"哇——"的一声哭出来。那哭声令人心碎，好像妈妈全身上下唯一的器官，就是一双流泪的眼睛。肖静看着妈妈，脑子是木的，别人叫她，她就转过头看人，不答应，也不说话，更哭不出来。

陆春桥有个好朋友当时读高一，教学楼整个垮掉了，陆春桥想去救她，但没办法救。她们从小一起玩耍。那是一个爱扎马尾、喜欢穿横条短袖的女孩，地震发生的前一周，她才开始和隔壁班男孩谈恋爱。

还有他们的班主任，本来已经跑到了空地上，但担心有学生留在教室里，又折返回去，再也没出来。

那时他们太小，班里多数人也没有直系亲属去世，大家很少去咂摸失去的滋味。在同学黄金城的记忆里，住板房的那几年，甚至有许多快乐的瞬间，雨天枕头被淋湿，和同学一起打闹，都是乐趣。

好像周围悲伤的事情，在他这儿就像拂过身上的一阵灰，拿手掸一掸，没什么大不了的。

值得研究的一代人

开始拍摄时，陆春桥想拍的主题是"选择"。等她大学毕业，到达新的十字路口，她想知道同学们选择了什么样的工作，在哪里安家。更主要的是，大家选择了什么样的生活方式。

很多人回到北川，有人早早结婚，有人在山里开挖掘机，还有一些人在县城里做生意、送外卖、打工，为生计奔波。不是所有人都上了大学。地震影响了他们的选择吗？她想了想说："应该是影响了他们做选择的能力。"

她慢慢觉得，拍摄这个班级，其实是在拍整个北川中学的那一代人。他们有相同的命运。

这是值得研究的一代人——震后，北川中学是非常典型的、被政府关注也被社会极度关爱的一所学校。而他们那一届，是震后第一届高中生，也是新学校建好后入学的第一届学生。

他们的高中三年，是重建的三年——城市重建，心灵也重建。生活中的一些好事，他们都过早地得到了。

首先是丰富的物质。震后两年，北川中学的学生不用缴学费，过春节时每个学生有 500 元压岁钱，成绩排名在全县前 100 名的，每月还有 350 元生活费。每隔几天，他们就排队领取外界捐赠的匡威、耐克等品牌的衣服，甚至还有洗面奶和卫生巾。

陆春桥那时已经意识到，丰富的物质带来的另一个结局是迷茫。"很多很多小孩被这种关爱扭曲了。原来只有上大学这条路，但现在他们觉得自己不用努力学习，不用努力改变自己的命运。"陆春桥说。

另一个原因是学习之外的活动太多。常常上课上到一半，广播就通知全体学生穿上校服，到操场集合，因为哪个领导或明星又来慰问了，以前他们没见过的，那几年都见了。"其实没有太多的机会和心思去学习。"

也有客观因素，经历过那么巨大的创伤，人们没办法立刻缓过来。陆春桥印象中的高一，整个学校都沉浸在痛苦与虚妄中，老师天天守着学生，但无心上课，不，不是无心，而是没办法上课——因为他们的孩子也不在了。他们要花很大努力，才能让自己不在讲台上哭出来。

在当时的价值体系里，没人在意孩子们的未来怎样，活着已是万幸，快乐就好。"地震时多少小孩死了，你家小孩还活着，想要什么，家长就给他什么。"

3 年后，他们都经历了不甚顺利的高考。在 8 年后的同学会上，很多人会感叹，在北川中学的高中生活"毁了"自己的一生。可是他们又会转念想，如果当时不那样，又能怎样呢？似乎也别无选择。

"你知道，整个学习氛围可能很差，但你会觉得，这帮人一起经历过地震，需要理解、需要勇气才能够继续走下去。至少当时，你是和一群彼此理解的人一起生活。"

理解父亲去世后大哭的母亲

那次见面会，一个女孩的发言让陆春桥改变了拍摄主题。

一个叫母志雪的女孩，原来在班里毫不起眼，那天却在讲台上大放光彩，骄傲地宣告自己的梦想是当个包工头。8 年后的反差实在太大，陆春桥好奇她怎么变成了今天的样子，在跟拍一段时间后，母志雪成了纪录片的主人公。

片子的主题，也从"选择"变成"理解"：年轻人对过去发生的事情的理解，对失去的理解，对家庭关系的理解，对父母的理解。那是陆春桥觉得整个拍摄过程里，最让她感动、也最摧残她的部分。

地震中，母志雪失去了父亲。最初她怕别人可怜自己，故意表现得开朗活泼，日子久了，这成了她性格的一部分。再遇见陆春桥时，母志雪刚刚开始一段恋爱。他们认识的时间不长，但很快就结婚了。

谈这段恋爱时，母志雪投入而认真，她突然想明白了一件事——为什么2009 年的春节，她母亲会一个人在河边哭那么久。

父亲去世后的那几年，最开始她很伤心，后来伤心变成一种遗憾。但她一点儿都理解不了母亲的那种伤心。这一年，有了爱情的体验，她理解了。地震后母亲的所有举动，失去丈夫的那种悲伤和不舍，她感同身受。她心疼母亲。

她的这群同学，现在 25 岁，再过 10 年，就是 35 岁，接近爸妈在经历地震时的年龄。陆春桥说："我们都在慢慢往父母的年龄走，在变成一个大人的时候，你才会真正理解 2008 年发生地震时的很多事情。"

当年地震时，北川中学的初三还有过一个被全年级热议的爱情故事。当时四班的一个男孩和另外一个班的女孩谈恋爱。女孩被埋在下面 10 个小时，男孩守了 10 个小时，怎么劝都劝不走。女孩康复后，他们分了手。所有人都说女孩变了心，爱上了志愿者，男孩的旷世真心被辜负了，但女孩从未出来澄清。

一次回北川拍摄，陆春桥想起这个故事，就去找了当年饱受诟病的女孩。她问起这件事，女孩说："如果不是因为地震，我们不会分手，甚至可能已经结婚了。"

她觉得那份爱太重了。男孩当时说："就算你成了残疾人，我也会娶你。"在那样的大背景下，原本对等的爱扭曲了，成了负担，女孩觉得无法承受。没有什么第三者，也没有辜负一说。

草蛇灰线般，只是一些非常细微的因素，让他们的青春和人生从此不同。陆春桥觉得自己能够理解这个女孩，大家都经历过爱情，知道没有人能在不对等的爱里得到自由。

没有落下来的眼泪

2017 年，她一直拍到了母志雪结婚。在纪录片里，婚礼的画面非常动人。母志雪、她的母亲、她的丈夫，3 个人微笑着抱在一起。陆春桥在现场举着取景器，边哭边拍，对焦都对不准了。

"当你了解画面里这个小女孩和她妈妈的故事后，你看着妈妈把她的手交给男方的时候，真的会泪流不止。看到这幅画面的那一刻，我真心觉得，这为 10 年前的地震画下了一个圆满的句号，并开启了另一段人生。"

在母志雪婚礼前的一个月，陆春桥还去见过她一面。

那天，母志雪对着镜头，讲了一段想说给爸爸听的话：

"爸爸，我想让你活过来一次，哪怕是一天，我就想让你看看我，从 15

岁到 25 岁的 10 年，我活得有多么优秀。我现在马上要结婚了，要嫁给这个男生，如果你在的话，对他满不满意啊？"

她没有哭，是笑着说的，但眼睛里有泪。这段话说完时，她的眼泪没有落下来。

陆春桥喜欢这个画面，她觉得这是她想让纪录片呈现出来的样子。"我不想她在视频里哭，我特别不想有谁在我的片子里哭。"陆春桥说。

在北川，很多老同学等着看她的片子。最初她去拍他们，他们受宠若惊："哎哟，有啥子好拍的嘛。"后来是觉得她很辛苦："你怎么还在拍？都两年多了，还没拍完吗？"

他们都在这座县城里生活，有的在交通局上班，有的在北川地震博物馆上班。一些人结了婚，一些人很快就要做爸爸妈妈了。生活是很世俗的，扎了根的长久与平安。

和肖静见面的那天中午，正好遇到北川县幼儿园里的老师带着小朋友们做地震演练。

似乎是小班的娃娃，不过 3 岁。一个个粉嘟嘟的，瞪着大眼睛，举起小书包，顶在自己头顶做保护状。

老师弯着腰，指着楼梯口绿色的安全通道标志问："顺着这个箭头往前走，晓不晓得？"奶声奶气的童声拉得老长："晓得——"

他们认真而缓慢地走下楼梯，往操场上跑去。北川的防震教育，在 2008 年后已十分完善。

这是震后的第一代孩子，他们内心毫无伤痕。他们也将是北川的新主人。

（摘自《读者》2018 年第 15 期）

另一段城南旧事

余光中

初识海音，不记得究竟何时了，只记得来往渐密是在 20 世纪 60 年代初。我在《联合日报》副刊发表诗文，应该始于 1961 年，已经是她十年主编的末期了。我们的关系始于编者与作者，渐渐成为朋友，进而两家来往，熟到可以带孩子上她家去玩。

这一段因缘一半由地理促成：夏家住在重庆南路三段十四巷一号，余家住在厦门街一一三巷八号，都在城南，甚至同属古亭区。从我家步行去她家，越过江州街的小火车铁轨，沿街穿巷，不用 15 分钟就到了。

记得夏天的晚上，海音常会打电话邀我们全家去夏府喝绿豆汤。珊珊姐妹一听说要去夏妈妈家，都会欣然跟去，因为不但夏妈妈笑语可亲，夏家的几位大姐姐也喜欢这些小客人，有时还会带她们去街边"捞金鱼"。

海音长我十岁，这差距不上不下。她虽然出道很早，在文坛上比我有地位，但是爽朗率真，显得年轻，令我下不了决心以长辈对待。但径称海音，仍觉失礼。最后我决定称她"夏太太",因为我早已把何凡叫定了"夏先生",似乎以此类推,倒也顺理成章。不过我一直深感这称呼太淡漠,不够交情。

在夏家做客,亲切与热闹之中仍感到一点,什么呢,不是陌生,而是奇异。何凡与海音是不折不扣的北京人,他们不但是京片子,还办《国语日报》,而且在"国语推行委员会"工作。他们家高朋满座,多是能言善道的北京人。在这些人面前,我们才发现自己是多么口钝的南方人,一口含混的普通话张口便错。用语当然也不地道,海音就常笑我把"什么玩意儿"说成了"什么玩意"。有一次我不服气,说你们北方人"花儿鸟儿鱼儿虫儿",我们南方人听来只觉得"肉麻儿"。众人大笑。

那时候台北的文人大半住在城南。就像旧小说常说的"光阴荏苒",这另一段"城南旧事"随着古老的木屐踢踏,终于消逝在那一带的巷尾弄底了。夏家和余家同一年搬了家。从1974年起,我们带了4个女儿定居在香港。11年后我们再回台湾,却去了高雄,常住在岛南,不再是城南了。

夏府也已从城南迁去城北,日式古屋换了新式的公寓大厦,而且高栖在六楼的拼花地板,不再是单层的榻榻米草席。每次从香港回台,我几乎都会去夏府做客。众多文友久别重聚,气氛总是热烈的,无论是餐前纵谈或者是席上大嚼,那感觉真是宾至如归,不拘形骸到喧宾夺主。女主人浑然天成的音色,流利而且透彻的话语,水珠滚荷叶一般畅快圆满,为一屋的笑语定调,使众客共享耳福。夏先生在书房里忙完,往往最后出场,比起女主人来"低调"多了。

海音为人宽厚、果决、豪爽。不论是做主编、出版人或是朋友,她都有海纳百川的度量,我不敢说她没有敌人,但相信她的朋友之多、友情之笃,是罕见的。她处事十分果决,我几乎没见过她当场犹豫,或事后懊悔。至于豪爽,则来自宽厚与果决:宽厚,才能豪;果决,才能爽。跟海音来往,不用迂回;跟她交谈,也无须客套。

这样豪爽的人当然好客。海音是最理想的女主人，因为她喜欢与人共享，所以客人容易与她同乐。她好吃，所以精于厨艺，喜欢下厨，更喜欢陪着大家吃。她好热闹，所以爱请满满一屋子的朋友聚谈，那场合往往是因为有远客过境，话题新鲜，谈兴自浓。她好摄影，主要还是珍惜良会，要留刹那于永恒。她的摄影不但称职，而且负责。许多朋友风云际会，当场拍了无数照片，事后船过无纹，或是终于一叠寄来，却曝光过度，形同游魂，或阴影深重，疑是卫夫人所说的墨猪，总之不值得保存，却也不忍心丢掉。海音的照片不但拍得好，而且冲得快，不久就收到了，令朋友惊喜感佩。

所以去夏府做客，除了笑谈与美肴，还有许多近照可以传观，并且引发话题。她家的客厅里有不少小摆设，除小鸟与青蛙之外，最多的是象群。她收集的瓷象、木象、铜象姿态各异，洋洋大观。朋友知道她有象癖，也送了她一些，加起来恐怕不下百座。这些象简直就是她的"象征"，隐喻着女主人博大的心胸，祥瑞的容貌。海音素称美女，晚年又以"资深美女"自嘲自宽。依我看来，美女形形色色，有的美得妖娆，令人不安；海音却是美得有福相的一种。

我们合作得十分愉快：我把编好的书稿交给她后一切都不用操心，三四个星期之后新书就到手了。欣然翻玩之际，发现封面雅致大方，内文排印悦目，错字几乎绝迹，捧在手里真是俊美可爱。那个年代书市兴旺，这本书销路不恶，版税也付得非常爽快，正是出版人一贯的作风。

"纯文学出版社"经营了27年，不幸在1995年结束。在出版社同人与众多作者的一片哀愁之中，海音指挥若定，表现出"时穷节乃见"的大仁大勇。她不屑计较琐碎的得失，毅然决然，把几百本好书的版权都还给了原作者，又不辞辛劳，一箱一箱，把存书统统分赠给他们。这样的豪爽果断、有情有义、有始有终，堪称出版业的典范。当前的出版界，还找得到这样珍贵的"品种"吗？

海音在"纯文学出版社"的编务及业务上投注了多年的心血，对台湾文坛甚至早期的新文学贡献很大。祖丽参与社务，不但为母亲分劳，而且笔耕勤快，有好几本访问记列入"纯文学丛书"。出版社曲终人散，虽然功在文坛，但对垂垂老去的出版人而言仍然是伤感的事。可是海音的晚年并不寂寞，不但文坛推崇，友情丰收，而且家庭幸福，亲情洋溢。客厅里挂的书法题着何凡的名句："在苍茫的暮色里加紧脚步赶路。"毕竟有何凡这么忠贞的老伴相互"牵手"，走完全程。她的《城南旧事》在大陆被拍成电影，赢得多次影展大奖，又被译成三种外文，制成绘图版本。

在海音七十大寿的盛会上，我献给她一首三行短诗，分别以寿星的名字收句。子敏领着几位作家，用各自的乡音朗诵，颇为叫座。我致辞说："林海音岂止是常青树，她简直是常青林。她植树成林，我们就在那林荫深处……常说成功的男人背后必有一位伟大的女性。现在是女强人的时代，照理，成功的女人背后也必有一位伟大的男性。可是何凡和林海音，到底谁在谁的背后呢？还是闽南语说得好：夫妻是'牵手'。这一对伉俪并肩携手，都站在前面。"

暮色苍茫得真快，在海音八十岁的寿宴上，我们夫妻的座位被安排在首席。那时的海音无复十年前的谈笑自若了，宾至的盛况不逊当年，同时热闹的核心缺了主角清脆动听的女高音，不免就失去了焦点。美女再资深也终会老去，时光的无礼令人惆怅。我应邀致辞，推崇寿星才德相侔，久负文坛的清望，说一度传闻她可能出任"文化部"部长，"可是，一个人做了林海音，还稀罕做'文化部'部长吗？"这话激起满堂的喝彩。

四年后，时光的无礼变成绝情。我发现自己和齐邦媛、痖弦坐在台上，面对四百位海音的朋友，追述她生前的种种切切。深沉、压抑的情绪弥漫着整个大厅。海音的半身像巨幅海报高悬在我们背后，她面带笑容，以亲切的眸光看向我们，但没有人能够用笑容回应了。放映的纪录片里，从稚龄的英子到耋年的林先生，栩栩的形貌还留在眼睫，而放眼台下，沉思的何凡虽然是坐在众多家人的中间，却形单影只，不，似乎只剩下了一半，令人很不习惯。

　　我长久未流的泪水忽然满眶，觉悟自己的"城南旧事"，也是祖丽姐妹和珊珊姐妹的"城南旧事"，终于一去不回。半个世纪的温馨往事，都在那永恒的笑貌上定格了。

（摘自《读者》2014 年第 12 期）

他们就是我的城市

秦珍子

我女儿一岁半，她最熟悉 3 种职业，医生、警察和快递员。

因为定期体检、打预防针，她能准确识别白大褂和听诊器。偶尔需要动用"权威"使她听话，警察的"不许动"很管用。

对幼小的她来说，"快递员叔叔"是个神奇而甜蜜的存在。他们会在一天里某个随机的时刻出现，"叮咚"摁响门铃，送来水果、饼干和玩具。

"快递员叔叔来了，你的礼物就到了。"我曾经一边在网上买童书，一边对女儿说。

她认真地想了几秒，答："和圣诞老人一样！"

比起那位传说中的红衣老爷子，这些叔叔才是真正穿越风和雪，把她想要的东西送到她身边的人。

这几年，一直是一位家在赤峰的小哥，往我家送快递。

我刚搬来时，没有特别留意过他。女儿出生不久后，某天我忽然收到他的短信："在家吗？我是快递员，方便开门吗？"

收了快递，我忍不住问他："你怎么不摁门铃？"

他不好意思地说："上次来，看你肚子挺大，估计这会儿已经生了，怕吵着宝宝睡觉。"

我逗他："你还挺有经验。"

他笑答："我女儿5岁啦，跟我在北京呢！"

我家楼上那户人家也有孩子。每天晚上11点之后，我还常常能在客厅、卧室、婴儿房……听见楼上传来各种声响——杂物落地、轮子滚动、器皿破碎、孩子尖叫、大人斥责……上楼沟通过数次，没有任何改变。最后一次，操着本地口音的男主人打开门，无可奈何地说："我也没辙呀，要不您报警吧！"

出了我家小区左拐，人行道边有个营业执照在风中飘摇的摊位，从早餐开到宵夜。下午去，能吃到好吃的煎饼。因为早上老板娘会送孩子上学，老板的手艺则让人一言难尽。

北京的冬夜又黑又冷，他家大女儿每晚就着一束灯光，站在窗口洞开的早餐亭里，裹得严严实实地写作业。后来，老板娘又生了老二和老三，全带在身边。

我问过老板，为啥一定要在这儿受罪。这个敦实的河南汉子把葱花潇洒地抛撒向我的蛋饼："挣钱多呀！"

离他不远，临街有几间商铺，附近居民赖以生存的蔬菜摊就在那里。

卖果蔬的是一家早出晚归的安徽人。老爷子收菜钱，侄儿收水果钱，儿子打杂。

老头儿抠门儿，一角两角都算得清清楚楚。不管脸生脸熟，他从来不笑。侄儿活络，叔叔、阿姨、大哥、大姐的永远挂在嘴上，今天让你尝个草莓，明天手一挥5毛钱不要了。猕猴桃放久了，还提醒"别给小孩买"。

在这个时代，我和邻居可以互不相识，但不会不熟悉这家人。

有一次，我新买的电脑出现故障，退换需要提供包装上的某个标贴——纸箱子早扔到楼道里了，因为每天都有人来收。

我跟物业、保安打听一番，在另一栋楼的地下室找到小区收废品的两口子。他们住在最多5平方米的小屋里，睡上下铺。

听完来意，大哥立即行动。他打开另一间屋子，里面从地到顶摆满了各式各样的纸壳箱，无法计数。他一张一张地往外抽，抽了一个多小时，抽空了半间屋子，终于找到我要的纸箱。

我掏出钱感谢，大姐冲出来，把我轰走了。有天我晚归，深夜一两点遇见他俩，才知道他们收拾楼道弃置物品，为了不影响居民出入，不占用电梯，都是夜里悄悄进行。

在商场买好家具，东北大哥和他万能的金杯车能提供一站式服务。夏天空调坏了，背着工具箱的四川小伙敏捷地钻出窗户，修理外挂机。家务实在忙不过来，上网找个电话号码，上门支援的湖北小阿姨能麻利地搞定孩子的饭、老人的茶、地板上的毛发。

他们如此真实、有力地活着，需要着这座城市，也被这座城市需要。

我们享受服务的同时，也应该接纳服务可能带来的风险。为居民提供安全的生活环境，是城市的职责所在。容纳东北大哥、四川小伙和湖北阿姨的奋斗，则是城市的灵魂所托。

即使谈不上建设者，只是地下通道里的一个流浪歌手，也能让窝在办公桌前整晚加班的年轻人，听见爱和自由。

在不可或缺的日常细节中，他们是抱着装尿不湿的巨大纸箱而来的快递小哥，是用冻伤的手给我做早餐的煎饼摊老板，是我吓得拉住他的工作服生怕他掉下窗台而他耐心宽慰我的四川小伙。那些面孔那么具体，那么鲜活。

对每一个这样的个体来说，出身、天赋、教育、命运、能力、志趣、环境……都可能决定他们将离开哪里，走向哪里。

我知道，有的快递员会抢劫杀人，有的小摊食品细菌超标，有的大哥搬个柜子可能漫天要价。还有人会说："等火烧到你家你就闭嘴了。"

可是，难道这座城市，没有了他们，就没有谎言、罪恶和灾难了吗？在人性和劳动面前，谁也不比谁高一等。

反正，下一次快递小哥来的时候，我会跟我女儿说："这个快递员叔叔就是圣诞老人。"

——在她还相信美好的年纪。

（摘自《读者》2018 年第 5 期）

车·马·三生石

潘向黎

> 君乘车，我戴笠，他日相逢下车揖。
>
> 君担簦，我跨马，他日相逢为君下。

这首《越谣歌》真是非常可爱。据记载，"初与人交，有礼，封土坛，祭以犬鸡，祝曰：……"以上就是他们在这个仪式上"祝"的内容。它反映了越人的风俗，进一步说，反映出他们对友情的理解——贫贱之交，富贵不移，以及他们希望友情长存的真诚心愿。

这是对友谊的生动注解。真正的友情，不就应该是这样吗？心灵相通，性情相投，以诚相待，没有心机，不管双方地位如何改变，一切如故。这样的友情，有如清泉明月一样洁净，又如精金美玉一样难得，是上苍给人的珍贵馈赠之一。

说到友情，我想起两个故事。一个是唐代三生石的故事，一个是宋代张咏和傅霖的故事。三生石的故事是我在张岱的《西湖梦寻》中读到的，出处却是苏东坡的《僧圆泽传》，说的是知己生死之交的故事。唐代的李源，他的父亲是光禄卿，后死于安史之乱。父亲一死，原本风花雪月、豪爽挥霍的李源性情大变，不仕、不娶、不食肉，就住在原来的自己家、后来的惠林寺里。寺里有个和尚叫圆泽，通晓音律，和善歌的李源性情相投，成了知己，二人经常促膝谈心。后来二人一同出游，取道李源坚持要去的荆州。行至半途，遇见一个汲水的妇人，圆泽叹息道："我不想从这条道走，就是想避开这个妇人啊。"李源大惊追问，圆泽说："这个妇人姓王，我应当做她的儿子。她已经怀孕三年了，我不来，她就不能分娩。现在既然遇见，就是天命不可违。三天之后，你来看那个婴儿，我会对你一笑作为凭证。再过十三年，在中秋月夜，我将在杭州天竺寺外和你相见。"当晚，圆泽去世而王姓妇人分娩。三天后李源去看望，婴儿果然对他笑了。十三年后，李源从洛阳到杭州赴约，月明之夜，果然来了一个牧童，一边叩着牛角一边唱道："三生石上旧精魂，赏月吟风莫要论。惭愧情人远相访，此身虽异性长存。"李源大声问道："泽公一向可好？"那牧童回答："李公你真是个讲信义的人啊。不过你俗缘未尽，不要近我的身，勤加修炼，还可以相见。"牧童走了，不知道去了哪里。李源从此一直待在寺院，直到八十岁死在寺中。

圆泽投胎复生的牧童所唱的诗中，最让人感动的一句是"此身虽异性长存"——不要说身份、地位变了，连肉身躯壳都不重要，只要灵魂在、性情在，就仍然有默契、有牵挂、有温暖、有信义，生死轮回都不能改变彼此真挚深厚的情谊。

原来三生石上的盟约，不一定都是爱情，也有同样珍贵的友情。这个故事可谓达到了一种极致。如果说这个故事带着神话的色彩，那么张咏与傅霖的交情就完全是现实中发生的事了。宋代诗人张咏与傅霖是好友，后来张咏显达，官至尚书，惦记着老朋友，但是傅霖不愿做官，所以"求霖三十年不可得"。晚年张咏在某地为官，傅霖穿着粗布衣服骑着驴子去找他，敲门喊："告诉尚书，我是青州傅霖。"看门的人跑进去这样对张咏禀报，张咏说：

"傅先生是天下名士，你是什么人，敢叫他的姓名！"傅霖笑道："和你分别了一世，你还保持着童心。他哪里知道世间有我这么个人哪！"傅霖的原话是"别子一世，尚尔童心"。多么难得的暮年访旧，多么难得的童心不改。想当年，一个是富贵不忘旧交，一个是飘然不染红尘；到老了，一个是一句话就说出了几十年的敬重和情谊，一个则因故交性情如故而喜形于色。这样的友情不但没有被人生浮沉扭曲，没有被漫漫岁月漂白褪色，反如陈年老酒，越久越令人沉醉。

（摘自《读者》2019 年第 15 期）

开会迟到，听会睡觉

李肇星

常驻联合国代表的一个重要任务就是在安理会开会，成天与安理会成员国的代表打交道。像我在联合国工作的 1994 年，安理会一共举行了 165 次正式会议。而安理会每举行一次正式会议，事先都要举行多次非正式会议来进行磋商，为正式会议准备文件。为了准备这 165 次正式会议，安理会举行了 273 次非正式磋商。而为了这 273 次非正式磋商，5 个常任理事国又举行了至少 270 次"五常"之间的磋商，这 3 个数字加在一起说明，一年 365 天每天至少要开两次会。当然，开会也是有成绩的，安理会在这一年总共通过了 77 项决议、82 份主席声明。

有的会开完后是要投票的。在安理会，投什么票，成员国通常事先打招呼、有沟通，都知道各方要投什么票。

安理会开会有一个多年形成的习惯性做法：会议厅的第一排必须坐人，若该成员国的大使不在，坐在第二排的人要替补上来，代表该成员国参加会议和投票表决；若位子空着的话，就被视为弃权或缺席。

我到联合国工作没多久就发现，在安理会，各国大使都是大腕，有架子，开会常迟到，用中国老师评价一些学生的话说就是"自由散漫"。经常是开会时间已经到了，有的大使还在走廊里聊天。这个时候，安理会主席就用木锤子敲桌子，提醒大家要开会了。有一次我举手发言，"建设性"地抱怨说，主席先生这么敲锤子，等于惩罚已经到会的人，没有到会场的人却听不见，这不公平。英国大使戴卫勋爵开玩笑说，应该像中国京戏里那样敲锣。英国同事的话提醒了我，我想起小时候走村串户的卖货郎经常摇着一个拨浪鼓，我说，中国的锣声音太大，安个电铃又得拉一条电线，不如找一个摇铃。于是，安理会经过表决，批准了一项专门"预算"，同意购买一个摇铃，命名为"李氏铃"（LiBell）。这算是我代表中国人民对联合国安理会所做的一点儿"贡献"。

多年后，外国朋友还拿这件事开我的玩笑。2005 年 9 月 19 日上午，我以外长身份在第 60 届联合国大会上发言完毕后，很快赶到中国常驻联合国代表团经常使用的"不结盟磋商室"会见澳大利亚、荷兰和南非外长，计划与每位外长各谈 20 分钟。我与澳大利亚外长唐纳谈到第 19 分钟时，房间天花板上突然传来了清脆悦耳的铃声。唐纳外长下意识地看了一下表说："李外长，我知道还有 1 分钟，但也用不着把你对安理会的贡献'李氏铃'搬到这个小屋来吧，何况咱俩已经把所有该谈的事都谈完了。"会客室里响起一阵笑声。这时，荷兰外长在"不结盟磋商室"外已等了 1 分半钟。当我送唐纳外长走出会议室并迎接荷兰外长时，对方一脸严肃地对我说，看来"李氏铃"对李本人已不起作用，铃声响过两分半钟，中澳外长的谈话才结束。我匆匆与唐纳外长告别，与荷兰外长握手，肩并肩地快步进入"不结盟磋商室"。落座后，荷兰外长仍不依不饶地说："我有一个请求，请中方派人到安理会大厅将'李氏铃'往后调两分半钟，因为中国和荷兰在国际上都坚持公平、公正的原则……"

安理会主席由常任理事国和非常任理事国按国名的英文首字母顺序按月轮流担任，任期一个月。常任理事国通常由其常驻联合国代表出任，而非常任理事国，特别是一些中小国家有时由外长来当主席，或由外长当一段时间，主持一两次重要会议。常任理事国外长在遇到重大、热点问题时也参加安理会会议。

我担任安理会主席时，秘书处给我派了一个秘书，专门登记发言的人数和次序。谁要求发言，谁就向这位秘书报名。

安理会开会时总有一些常用的套话。如轮到某位大使发言时，他总会说，感谢主席先生，祝贺某某大使（指前一位发言者）的精彩发言，然后才转入正题，说自己想说的话。

有次开会我按顺序点名，叫各位大使发言。当我叫日本大使发言时，这位代表可能是年龄大，太累，也可能是会议内容单调乏味，竟然睡着了，没有听见我叫他发言。我又叫了一遍，日本大使才被坐在后面的助手叫醒。

很快，日本大使进入另一种状态，有板有眼地开始说："感谢主席先生，祝贺某某大使的精彩发言……"全场哄堂大笑，因为日本大使祝贺的某某大使还没有发言呢。

日本大使马上意识到自己搞错了，但他久经沙场，临场应变经验丰富，只见他慢悠悠地解释说："今天安理会的讨论不热烈，气氛很沉闷。我故意说错话，让大家高兴，会场气氛就能变活跃了，这样我们的讨论可以变得更热烈、更深入。"大家又都笑了。

在安理会，最活跃的角色当属5个常任理事国。"五常"在重大国际和地区热点问题上往往有不少共识。哪怕在一些问题上有分歧，也会高调保持沟通。只要一家有要求，就随时举行"五常"磋商。磋商通常由其中一国担任协调员，按中、美、俄、英、法的次序轮流"坐庄"。安理会一些重大的决议草案或主席声明稿，通常由"五常"事先磋商并达成共识之后，才拿到安理会全体会议上讨论，这在一定程度上提高了工作效率。除了"五常"大使保持密切的工作关系，"五常"外长也就重大问题举行不定期磋商，有时还举行"五常"领导人的会晤。这些都体现了"五常"对维护国际和平与安全的高度责任感。

"五常"大使谈完正事后也会聊些轻松话题。有一次，奥尔布赖特建议"五常"大使都学用电脑，在电脑上打自己的发言稿。她是教授出身，写过书，有基础。英国代表说他年纪太大了，就不学了。俄罗斯大使说，他有秘书，不用学。法国大使表示，他有空得学打马球，没时间学。我也不会用电脑打字，在"五常"大使中资历最浅，就对他们说："我们应当发扬民主，我愿意服从多数。"奥尔布赖特的建议最后没通过，我至今也没有学会用电脑打字。

（摘自《读者》2012 年第 3 期）

细味那苦涩中的一点回甘

杨 绛

曾听人讲洋话，说西洋人喝茶，把茶叶加水煮沸，滤去茶汁，单吃茶叶，吃了咂舌道："好是好，可惜苦些。"新近看到一本美国人作的茶考，原来这是事实。茶叶初到英国，英国人不知怎么吃法，的确吃茶叶渣子，还拌些黄油和盐，敷在面包上同吃。什么妙味，简直不敢尝试。以后他们把茶当药，治伤风、清肠胃。不久，喝茶之风大行。1660 年的茶叶广告上说："这种刺激品，能驱疲倦，除噩梦，使肢体轻健，精神饱满。尤能克制睡眠，好学者可以彻夜攻读不倦。身体肥胖或食肉过多者，饮茶尤宜。"莱顿大学的庞德戈博士应东印度公司之请，替茶大做广告，说茶"暖胃，清神，健脑，助长学问，尤能征服人类大敌——睡魔"。他们的怕睡，正和现代人的怕失眠差不多。怎么从前的睡魔，爱缠住人不放；现代的睡魔，学会了摆架子，请他也不肯光临？传说，茶原是达摩祖师发愿面壁参禅，九年不睡，上天把茶赏赐给他帮他偿愿的。胡峤《飞龙涧饮茶》："沾牙旧姓余甘氏，破睡当封不夜侯。"汤悦《森伯颂》："方饮而森然严乎齿牙，既久而四肢森然。"可证中外古人对于茶的功效，所见略同。只是茶味的"余甘"，不是喝牛奶红茶者所能领略的。

浓茶搀上牛奶和糖，香洌不减，而解除了茶的苦涩，成为液体的食材，不但解渴，还能疗饥。不知古人茶中加上姜、盐，究竟什么风味，卢仝一气喝上七碗的茶，想来是叶少水多，冲淡了的。诗人柯勒律治的儿子，也是一位诗人，他喝茶论壶不论杯。约翰生博士也是有名的大茶量。不过他们喝的都是甘腴的茶汤。若是苦涩的浓茶，就不宜大口喝，最配细细品。照《红楼梦》中妙玉的论喝茶，一杯为品，二杯即是解渴的蠢物。那么喝茶不为解渴，只在辨味，细味那苦涩中一点回甘。记不起英国哪一位作家说过，"文艺女神带着酒味""茶只能产生散文"。而咱们中国诗，酒味茶香，兼而有之，"诗清只为饮茶多"。也许这点苦涩，正是茶中诗味。

法国人不爱喝茶。巴尔扎克喝茶，一定要加白兰地。《清异录》载符昭远不喜茶，说"此物面目严冷，了无和美之态，可谓冷面草"。茶中加酒，或可使之有"和美之态"吧？美国人不讲究喝茶，北美独立战争的导火线，不是为了茶叶税吗？因为要抵制英国人专利的茶叶进口，美国人把几种树叶，炮制成茶叶的代用品。至今他们的茶室里，顾客们吃冰淇淋、喝咖啡和别的混合饮料，内行人不要茶；要来的茶，也只是英国人所谓"迷昏了头的水"而已。好些美国留学生讲卫生不喝茶，只喝白开水，说是茶有毒素。茶叶代替品中该没有茶毒。不过对于这种"茶"，很可以毫无留恋地戒绝。

伏尔泰的医生曾劝他戒咖啡，因为"咖啡含有毒素，只是那毒性发作得很慢"。伏尔泰笑说："对啊，所以我喝了70年，还没毒死。"唐宣宗时，东都进一僧，年百三十岁，宣宗问服何药，对曰："臣少也贱，素不知药，惟嗜茶。"因赐名茶50斤。看来茶的毒素，比咖啡的毒素发作得要更慢些。爱喝茶的，不妨多多喝吧。

（摘自《读者》2014年第18期）

鹣鲽情深

贾孟影

有人说，爱情究其根本，是寻找世界上的另一个自己。比如吴健雄和袁家骝，他们在对方的身上找到了自己的影子，他们彼此是世界上的另一个自己。

吴健雄是著名华裔物理学家，被誉为"核物理女王"。她的丈夫袁家骝是袁克文的儿子，也是赫赫有名的物理学家，夫妇二人堪称"中国的居里夫妇"。

居里夫人有着极其丰沛的爱情，而"中国的居里夫人"吴健雄一辈子只爱过一个人。

吴健雄于 1912 年 5 月 31 日出生在江苏太仓浏河镇的一个书香世家。父亲吴仲裔是一位思想开明的达观人士，1913 年创办了明德女子职业学校，十分重视子女的教育。他本人多才多艺，对无线电也有一定的研究。他曾自己动手为女儿装了一部矿石收音机，给她买"百科小丛书"，向她讲述科学趣闻，引领幼小的吴健雄走进科学的大门。他希望自己的女儿巾帼不让须眉，胸怀男儿志，积健为雄。吴健雄七岁时，父亲便让她去学校接受启蒙教育。

青春时代的吴健雄聪慧过人，言行举止中更有着江南女子特有的温柔妩媚，是众多男子追求的目标。只是，那时的她一心扑在学业上，虽对爱情充满期许，却也相信缘分，淡然待之。

命中的那个他，在不经意间与她相遇。那个人便是袁家骝，陪伴她走过半个世纪的男子。

时间定格在 1936 年，吴健雄由上海坐船来到美国旧金山探望一个女同学，后来经同学介绍认识了一位在美长大的杨姓华裔，又通过杨认识了学物理的中国留学生袁家骝。袁家骝充当向导，带她参观了柏克莱大学的物理系。学校里原子实验设备的完善和精良吸引了吴健雄，她毅然改变东去的计划，决定留在柏克莱，与袁家骝成了同班同学。

两个人之间的爱情故事，就此开始。

留学期间的吴健雄是出色而迷人的。那时的她喜欢穿中式高领旗袍，优雅、端庄。她为人谦和、诚恳，给人如沐春风之感。深厚的中国传统文化底蕴、举手投足中散发出的东方女性韵味，使她成为研究生中最受人瞩目的一位女子。袁家骝便是众多仰慕者之一。

也许是第一次见面时留下的良好印象，吴健雄虽然在柏克莱物理系享受着众星捧月般的待遇，但是她真正会应邀赴约的对象却只有袁家骝一个人。

那时候，他们经常一起听课，一起去图书馆看书，一起吃饭，常常就一个学术上的问题交流到深夜。刚到美国，他们都不习惯吃西餐，便常到一家中国餐馆用餐，当时袁家骝的经济条件不太好，吴健雄便常常为他代付餐费。

时间能够打败爱情，亦能够成就爱情。随着两人之间了解的增多，他们在对方身上看到了共同的对科学事业的热忱，愈加惺惺相惜。眼前的这个人，仿佛就是世界上的另一个自己，懂他就像懂自己。

当两个人心意相通时，爱情也就在不远处招手了。

1942年5月30日，吴健雄三十岁生日的前一天，他们在洛杉矶帕沙迪纳举行了简单而隆重的婚礼。婚后，在洛杉矶南面的一个海滨，他们度过了温馨、浪漫的蜜月。

虽是新婚燕尔，但他们谨记导师在婚礼上给予的"实验第一，生活第二"的教导，在最短的时间内投入到自己的工作岗位上。袁家骝在东岸的一家公司从事国防研究工作，吴健雄接受了东岸史密斯女子学院的约聘。

1944年3月，凭借出色的专业功底，吴健雄以一个外国人的身份进入哥伦比亚大学，参加了当时美国最机密的"曼哈顿计划"，研制原子弹。那时候"曼哈顿计划"虽已进入相当成熟的阶段，但还有一个关键问题有待解决，就是如何浓缩铀元素，并使其达到临界质量。吴健雄参与的工作之一是浓缩铀的制造，而她在柏莱顿大学的一项重要研究成果即有关铀原子核分裂后产生的氙气对中子吸收横截面的论文，对于解决原子核连锁反应中突然出现的"反应停止"起了极其重要的作用。

1945年7月16日，人类第一颗原子弹在美国新墨西哥州的一个沙漠里试爆。三个星期后，原子弹落到了日本广岛和长崎，日本宣布无条件投降，第二次世界大战正式落下帷幕。她说："你认为人类真的会这样愚昧地自我毁灭吗？不，不会的，我对人类有信心，我相信有一天我们都会和平地共处。"

为了使吴健雄全身心投入研究工作，袁家骝几乎承担了生活中的一切琐事——洗衣、做饭、收拾房间以及之后的带孩子。那时候袁家骝在普林斯顿大学从事宇宙线中的中子来源研究，每天都要进行大量的实验，但是他从不让妻子做家务。就是在这样的情况下，他通过大量的研究、实验，推翻了中子来自宇宙空间的错误论断。爱人对家庭和自己的付出，让吴健雄感到分外的贴心和甜蜜。吴健雄曾在写给好友的信中说："在三个月的共同生活中，我对他了解得更为透彻。他在沉重工作中显现的奉献和爱，赢得我的尊敬和仰慕。我们狂热地相爱着。"

这之后，吴健雄因为在实验物理上的杰出成就得到许多赞誉。袁家骝处处以太太为荣，不管在什么场合，提起她总是赞不绝口，甘愿做她"背后的那个男人"。金婚岁月，袁家骝在谈及对婚姻的感受时，说了这样一句话："夫妻也如同一个机关，需要合作，婚前要有承诺，婚后要有责任。"

一段缘，如果开篇是喜悦，内容是彼此相持相惜，那么结局也会是幸福的吧！

1956 年，吴健雄和袁家骝决定一起回到中国，看一看阔别已久的故乡。在决定启程后不久，吴健雄突然接到一个邀请，验证"宇称守恒定律"的科学性和正确性。在听她说完这件事后，袁家骝微笑着看了妻子一眼，毅然退掉了一张船票，孤身一人踏上了回国的旅程。他知道，她的心已被这项富有挑战性的实验深深吸引。

最终，凭借着精确的实验，吴健雄推翻了在物理学界被认为是铁律的"宇称守恒定律"，成就了她科研史中无比辉煌的一刻。

袁家骝尽管也在高能物理研究方面取得了一些成绩，但是在妻子的光环下显得逊色了许多。有人曾开玩笑说，吴健雄家是女主外，男主内。她很严肃地说："我有一个很体谅我的丈夫，他也是物理学家。我想如果可以让他回到他的工作不受打扰，他一定会比什么都高兴。"

他在她的身上找到了自己的梦想，看到了自己的影子，所以他甘愿付出所有爱她。她成功了，他觉得自己也成功了。他们本来就有相似的目标，她是这个世界上的另一个自己。

1984 年 10 月，吴健雄第一次回到阔别四十多年的故乡。那一次，她捐出近一百万美元设立"吴仲裔奖学金"，这几乎是她全部的积蓄。四年后，她又专程回故乡，参加纪念父亲吴仲裔诞辰一百周年的活动，并向太仓县（今江苏太仓市）五十九名优秀师生颁发首届"吴仲裔奖学金"。

她不喜欢出风头。她八十华诞的时候，李政道、杨振宁、丁肇中、李远哲发起成立"吴健雄学术基金会"，希望给她一个惊喜。她竟躲了起来，说：

"做研究是我的本分，我只是运气好，成果还不错而已。不要以我的名字成立基金会。"

很多人为她不能成为诺贝尔奖得主而鸣不平，她却一笑置之。1975 年，以色列人设立了沃尔芙奖，以"为了人类的利益促进科学和艺术"为宗旨，吴健雄成为该奖的第一位得主。

中科院冯端院士撰文说："吴健雄教授和袁家骝教授将他们半个世纪的生涯都奉献给了崇高的科技事业，道德文章，堪为当代青年人效法的楷模。"我想，这句中肯而质朴的话，一定是这一对将毕生心血奉献于科学事业的"平凡的"夫妻最想听到的评价。

1997 年 2 月 16 日，吴健雄教授驾鹤西去，4 月 6 日，袁家骝捧着骨灰护送她回归故里。数年之后，袁家骝也离开了人世，家人遵照遗嘱将他安葬在明德园，与爱妻永远相伴。

她是他的妻子，是国际舞台上闪耀光芒的伟大科学家；他是她的丈夫，是甘愿永远走在她身后的那个人。他付出自己的事业，成全她的辉煌；她理解他的良苦用心，报以一世的真情，而这份付出和理解，也正是爱的真意。

要多难得，我们才能遇到对的人；又要多幸运，我们才能爱到对的人！

（摘自《读者》2012 年第 18 期）

增田达志

薛　萍

从日本大阪到中国呼和浩特的和林格尔县，每年的 3 月至 9 月，增田达志往返于这两地之间。飞机在呼和浩特落地后，他背着硕大的行囊步行赶往长途汽车站。增田要乘两个多小时的长途汽车在浑河北岸的大红城下车，再涉水过河走 10 多里路才能到达白二爷沙坝。

一

1999 年，我到距离呼和浩特 70 多公里的白二爷沙坝采访治沙老人云福祥。历史上的白二爷沙坝曾经是个水草丰美的地方，从汉代起因为过度放牧，日益严重的沙化侵蚀让这里变成了不毛之地，老百姓纷纷逃离家园。1982 年，时任和林格尔县副县长的云福祥主动请缨，带着 120 名治沙队员进驻白二爷沙坝，经过 18 年艰苦卓绝的治沙历程，白二爷沙坝 12 万亩荒沙终于披上了绿装。

采访过程中，在沙漠深处，我看见一群人在劳动，云福祥老人告诉我，那是增田领着日本人栽树呢。增田？日本人？在中国治沙？我充满好奇。夏天，沙漠里骄阳似火，在沙窝里行走更困难。当我们汗流浃背地走过去时，那些人并没有停下他们手里的活儿，只有增田站在我们面前腼腆地笑着。增田中等个儿，戴副眼镜，黢黑的脸，白白的牙，我根本看不出他是日本人。云福祥老人说，他已经在白二爷沙坝治沙3年，会一两句简单的中国话，但当我举着话筒采访他时，增田却笑着一个劲儿摇头，他越听不懂我越急，一句话问了好几遍，最后几乎是一字一顿地大声喊出来："你为什么来这里治沙？"我原想听到一句境界很高的回答，但增田却憨憨地说："因为日本没有沙漠。"我顿时无语。采访增田就这样结束了，但增田的笑容、他的回答、那些日本人跪在沙子里认真干活的情景，却深深地印在我的脑海里，挥之不去……

二

2000年，我又一次赴白二爷沙坝，这次是去专程采访增田的，因为带了位翻译，我知道了更多关于增田的情况。

1966年，增田出生在日本神户，他毕业于日本大阪大学心理学专业，在日本他有一个幸福的家庭，有美丽的妻子，一对可爱的双胞胎儿子，衣食无忧。

1992年，增田跟随日本治沙之父远山正瑛先生来到中国库布其沙漠恩格贝治沙，那年他26岁。由于他和远山先生对科学治沙有不同的理念和方法，一直以来，增田盼望着能有一片自己的治沙基地。1997年，他沿着库布其沙漠东行来到了白二爷沙坝，找到了云福样老人。他恳请云福祥老人把白二爷最远、最难治理的沙坝给他，老人被他的坚定信念打动，于是，他承包下了

1 万亩沙漠。

增田治理的沙漠是白二爷沙坝最边缘的地带，往返路程近40里。每天早晨6点，他和助手乔二徒步去沙漠，中午为了节省时间不回家，一直干到天黑。沙漠里没有遮阳避风的地方，早晨带的饭菜得深深埋在沙子里，否则就要馊掉。晚上回来，没有自来水，增田自己担水做饭，吃白水煮面条充饥。在当地，老百姓的山羊是放养，沙丘山上成活的树苗是山羊最好的食物，很多时候，增田和他的助手都在轰赶羊群，然而却常常束手无策。看到成活的树苗被羊啃死，他很心疼，但他理解并同情当地农民的窘迫生活，他说树死了明年再栽，一年一年栽下去总有成活的时候。沙丘上种树成活率很低，头一年得用麦秸在沙丘上打一个个草方格，用于固沙；第二年利用雨季，再在草方格内昼夜不停地栽树苗。即便这样，一旦刮起大风，种好的小树几个晚上就能被大风给摇死。"太难了，这些树可不是一遍就能种起来的。"必须在沙土上种第二遍、第三遍……要想整片的树木全部成活，没有五六遍是不成的，成活率还不到10%。治沙除了种树，还要栽各种耐旱的植物，沙柳、沙棘、苜蓿草……有村民介绍说，这种地上很难种活一棵树，所以他们不得不从几公里外运来黄土，放在挖好的沙坑中，然后才栽上树苗，每隔一两天就要浇一次水，这个过程要持续四五年。"在沙地上浇水，很容易渗走，必须经常浇水，等树的根系长大后，才不用这么费劲。"在最繁忙的栽树季节，增田得花钱雇用当地的农民和他一起干。乔二告诉我，雨季栽树时增田会给干活的人配备雨衣、雨鞋，人多了他就把自己的雨衣、雨鞋让给别人，沙漠里最苦最累的活他都自己干。因为增田勤劳、能吃苦，又是为当地人种树，当地人都很愿意为他干活。在这里，他无论做什么都得自掏腰包，买麦秸、买树苗、雇用工人、买工具、买雨具、买水、买电、租房子……所有治沙的经费全部自理。冬天，增田匆匆返回日本，教学、写书，做治理沙漠的课题研究，挣到第二年的治沙经费。每一次他从日本回来，老乡们都亲切地问候他："你回来了。"他们把增田当作白二爷沙坝的人。而事实上，白二爷沙坝也已经成了增田的第二故乡。

刘家32号树是一个不大的村落，经济不发达，村民们靠养牛羊补贴生活。这里离增田治理的沙坝最近。12年前，晚上一刮大风，第二天连门都推不开，生存环境十分恶劣。村民说："原来的黄沙坝现在成了绿色的了，树也高了，你看，那一片就像林带一样。"

三

2007年，增田把当地一所废弃的小学租了下来，把5间教室改成日式住所，还在院里盖了厨房、卫生间，安装了他自己发明的沼气箱——不仅可以做饭，还方便洗澡。增田终于有了自己的治沙基地。每年都会有大批的日本治沙协力队员来到这里义务治沙，他们中有七八十岁的老人，也有中学、大学学生。

增田屋前有一片小菜园，他种了许多南瓜。闲暇时，增田会在一个铁钵里用力地捣着南瓜面。我说："你在这里如此辛苦劳作，家人理解吗？"他举着铁钵说："有这个，南瓜面，带回去，他们高兴。"后来我知道，南瓜面在日本是保健食品，很贵，非常受欢迎，增田是把它当成珍贵的礼物带给家人的。我又问他："你的家人看不到你在中国栽的树、种的草，你的成就感从哪里来？"他打开电脑，里面是他用数码相机记录下的每一棵树、每一片草的生长状态，他说他的妻子就是恩格贝治沙的绿化协力队员，他们在那里相识并相爱，她理解他。

从1997年到2000年，增田已经在白二爷沙坝成功治理沙漠2000多亩，昔日寸草不生的荒沙如今逐渐被绿色覆盖。增田如数家珍地给我们介绍着每种植物的特性。他会时不时地站在一棵树前默默地待一会儿，用脚把下面的沙土踩实。在他的眼里，这些树更像他的孩子，他养育它们所付出的艰辛汗水一点一滴洒落在这里，他心里的绿色希望正一寸一寸根植在沙漠里。在白二爷沙坝，增田抽着最廉价的中国香烟，说着一口僵硬的中国当地土话；他做饭时蹲在灶口前用力地吹着火苗，满脸烟灰；清水煮面拌酱，看着他蹲在那儿吃得那么香，我内心的震撼无以言表。他已经成了一个地地道道的中国农民，过着苦行僧似的生活。

以后的几年里，我曾多次去过白二爷沙坝，每一次见到增田都让我感动不已。他治理的荒沙面积在一天天扩大，3000 亩、5000 亩、7000 亩……昔日的沙丘更绿了，树更粗了，他的中国话更熟练了，他还学会了开农用拖拉机。他为助手乔二购置了一辆面包车。现在他只要回到中国，下了飞机，乔二就会开车到机场接他，比以前方便了许多。一次，我们到白二爷沙坝，正赶上日本绿化协力队员的到来。这些来自日本的志愿者一来到这片沙漠，就放下行李跟随增田去植树。从 1997 年到现在，十几年来，增田已经在白二爷沙坝治理沙丘 7000 多亩，成活的杨树达 7 万多株，沙柳 6 万株，种草3000 多亩。如今，7000 多亩荒沙已经完全披上了绿装，增田为治沙投入的资金已达 500 多万元人民币。2010 年，增田又移师内蒙古西部的达拉特旗，在那里他和别人合作承包了两万亩沙丘。增田说，他在中国治沙的脚步不会停下来。

长久以来，我总想把增田的故事讲得完满一些。但每一次他给我带来的惊喜，都会成为上一次采访的缺憾。采访结束的时候，记者问他要在中国治沙到什么时候？增田依然笑着说："到老了，八九十岁，干不动了，死了就埋在这里。"到此，我终于明白了一个困惑我十几年的问题：人生的价值其实各有不同，增田是把自己的生命和他种下的那些树紧紧地连在了一起。生命有限，而绿树常青。

(摘自《读者》2011 年第 17 期)

爸爸的花椒糖

林海音

提起爸爸的花椒糖，先得从那次妈妈的电话说起。

那天妈妈有事临时出一趟门，她出去了不久，就打回电话来，是我接的，妈妈说："你是阿葳吗？"

"我是啊！"

"告诉你，我出来才想起来，炉子上有一锅番茄牛肉汤，快煮好了，可是我忘记放盐了……"

"没关系，我来放好了！"

"啊，不行，不行，你哪里知道放多少！"

我不服气："我会的啦，你忘了有一次你烧牛肉，不是叫我放的酱油吗？放多少盐？"

"啊！不可以，不可以，千万不可以。大姊回来没有？"

"只有爸爸在家。"

"那就叫你爸爸来听电话。"

"妈，你以为爸爸比我更知道该放多少盐吗？"

"别废话！"

我只好把美食家——我的爸爸——从午睡中喊起来。

我爸爸接了电话很高兴。妈妈派他做点儿事，他总是特别起劲儿。放下电话，他立刻戴上眼镜，奔向厨房去了。

我在饭桌上做功课，只听见爸爸掀锅盖、盖锅盖，来回好几次，一会儿又咂咂咂地在尝那汤。想必是那放盐的工作，做得十分仔细——放一点儿，尝一尝，才能恰到好处。不过还是我妈妈的本事大，如果只需要一匙的十分之一的话，她在盐罐里舀起一匙来，把盐匙儿一掂，自然就是十分之一的盐撒到锅里了。

这时候我爸爸从厨房里出来了，表情显得有点儿严肃，大概是工作神圣的关系。但是过了一会儿，我见他又拿了笔墨纸砚到厨房去，不知做什么——总不能到厨房去写文章，等着牛肉汤煮好吧？对了，说不定他是要写一张条子贴到锅盖上——"本汤业已放盐"！因为爸爸常常责备妈妈做事不经过大脑，大概怕妈妈回到家后再放一次盐。

妈妈在晚饭前回来了。当那碗金红色的番茄牛肉汤端上来的时候，我爸爸拍了一下大腿，笑得别提多么抱歉了，他说："今天真糟糕……"

"怎么？"大家都吓一跳。

"我把糖当成了盐，放一些尝了尝，不够咸，又放一些尝了尝，还不够咸，后来尝出甜头儿来了，我才知道搞错了！"

"唉！那还怎么喝啊！"妈妈的脸立刻变了色。

"不过你们可以尝尝，味道还不错。我后来又继续放了盐，虽然甜了一点儿，但是番茄原本是酸的，放了糖，再放盐，不就中和了吗？"

我那甲种体格、目前是预备军官的大哥哥，面有愠色——别怪他，他是独子，又是每个星期只回家一次打牙祭的阿兵哥——他说："盐跟糖，您都分不出来?"

妈妈赶快说: "你爸爸是近视眼。"

汤倒不算顶难喝,不过每个人那天喝汤的方式都很特别,喝一口就咂咂嘴,深深地去体味那酸、甜、咸的综合味道。

我爸爸最后下了结论,他对妈妈说: "下次你就不会弄错了。我已经在糖罐和盐罐上,各写了标签,贴上去了。"

妈妈从鼻子里不屑地哼了一声: "两个罐子,用了足有 10 年,我几时给你煮过甜牛肉汤喝来着?"

第二天,妈妈就把两个罐子上的标签撕掉了。真可惜! 我爸爸常说,他的字是郑板桥体,怎么好撕掉呢? 而且,那岂不辜负了爸爸对妈妈的一番好意吗? 所以我就说话了: "妈,何必撕掉? 有总比没有强。"

妈妈说: "罐子一高一矮,一盐一糖,我从来没有拿错过。现在上面写了字,害得我每次要看看,反倒乱心,起交错反应,你懂不懂?"

昨天,我妈妈正在厨房,锅里干焙着一些花椒粒。电话铃响了,我接听后立刻喊妈妈: "妈,您的电话。"妈妈从厨房里出来了,问我: "谁来的电话?"

我不由得笑了笑,说: "长途。"

妈妈一听是长途,好高兴,打了我的小屁股一下,又问: "哪个嘛?"

对了,妈妈的长途电话多得很,潘长途、张长途、王长途、严长途……不,我应当说潘阿姨、张阿姨、王阿姨、严阿姨才对。这回是潘阿姨。

妈妈坐下来听电话,二姊姊过来了,她轻轻地拍拍妈妈的肩头说: "少说两句吧,你的干焙花椒还在火上,我可不会帮你弄啊!"

二姊姊自从考进一女中(其实只是夜校),就这么老气横秋的,把妈妈也当成了小孩子,怎么可以拍拍打打的!

不过也不能怪二姊,妈妈的长途电话——学一句大哥哥的形容词——真是 terrible(可怕)! 常常话都快说完了,就要说"再见"了,潘阿姨还要加上一句："我好像还有什么话要跟你说。"于是妈妈也就恋恋不舍地握住听筒说："那你就再想一想吧！"

所以，二姊姊第二次来警告妈妈："花椒可热得在锅里跳舞啦！"

这时候，我爸爸突然出现，他一语不发地又从书房走向了厨房，当然是去接掌那干焙花椒之职——因为妈妈自制花椒盐，也是为了爸爸呀！把花椒焙过以后，压碎，加上细盐，装在罐子里，随时取出，可以用来蘸炸花生米或炸胗肝吃。这是爸爸最喜欢的调味品。

妈妈见爸爸去厨房，就更放心地说她的长途了。我和二姊姊做个鬼脸笑笑，二姊姊说："妈，放心接长途吧，你的理想丈夫替你炒花椒去了！"

妈妈的电话打完了，爸爸的花椒盐也做好了。满满的一玻璃瓶，够吃大半年的，真叫棒！

晚饭桌上，立刻多了一样小菜——炸花生米。爸爸叫我："阿葳呀！别忘记撒点儿花椒盐在炸花生米上。"

"知道喽！"

那碟花生米摆在爸爸的面前，因为那是他心爱的小菜。爸爸夹起第一粒花生米来吃了，他嚼了嚼，咂咂嘴。又夹第二粒放进嘴里，抿抿嘴，"咦"了一声。等到第三粒放进嘴里，他的筷子就直点着我："你在炸花生米里放了什么？"

"花椒盐嘛！"

"你放了糖。"爸爸肯定地说。

"我没放糖，一定是你放了，爸。"

爸爸愣住了，满桌子人都愣住了。

"那矮罐里，不是盐吗？"爸爸问。

"盐？"妈妈说。

"唉！"大姊姊叹了口气。

爸爸哈哈一笑，笑得那么和气！

二姊姊说："理想丈夫！"

吃完饭，我要做功课了，今天要写一篇作文，我想不出写什么。二姊姊说："那还不容易！我给你出个题目，就写《爸爸的花椒糖》好啦！"

（摘自《读者》2017 年第 2 期）

梦里不知身是客

清　心

一

　　长长的静默，风吹叶落。1973 年 3 月 6 日，81 岁的美国作家赛珍珠带着满腔遗憾和对中国无与伦比的思念与眷恋，永远闭上了双眼。自此，她倾情热爱的第二故乡——中国，与她天各一方。

　　1972 年 5 月，收到拒绝她访华的回信时，赛珍珠衰老孤独的身体如同深秋的雨布，顷刻瑟瑟成薄凉。只是，误会也好，曲解也罢，甚至连那些常人难以接受的人身攻击，亦不能动摇她的"中国心"。她对中国的感情如同种子发芽生根，早已渗透到骨子里。因此，当记者问她："你还想回到中国吗？"她微仰着头，眼底清泪盈盈，语气却坚定有力："我的心从来没有离开过中国！我的童年时代、少女时代、青年时代乃至我的一生，都属于中国!"对她而言，"中国"这两个字那么美好，那般温暖，仿佛从心里长出来的嫩芽儿，每说一次，她的心就会幸福地开一次花……

1892 年 6 月 26 日，赛珍珠诞生在美国西弗吉尼亚州。与其他婴儿不同的是，刚刚出生 3 个月，她就被父母放进摇篮里，漂洋过海来到中国。此后，赛珍珠一生中的前 40 年，除去回美国上大学的 4 年和读硕士学位的两年，均在中国度过。她自小跟一位姓孔的先生学习"四书五经"，说中国话，写中国字。闲暇时，则由母亲教她英文、音乐、美术和宗教。童年的赛珍珠最喜欢听奶妈讲中国民间传说和历史故事，这些口头文学，对她以后的创作产生了很大的影响。15 岁时，她进入上海某寄宿学校就读。出落成大姑娘的她，穿中式服装，梳长长的麻花辫子，以至于到后来，连赛珍珠自己都觉得她与中国女孩没什么两样。

19 岁那年，父亲安排她回美国读大学。在康奈尔深造时，她主修的是英文，论文却洋洋洒洒地写了《中国与西洋》。谈到中国吃苦耐劳的农民，以及不同地域的风俗习惯时，她的眼神里似有火焰在燃烧。看得出，当时赛珍珠的中国情结已经根深蒂固。她觉得，丰富深厚的中国文化滋养了自己的精神世界，使她与中国和勤劳朴实的中国人结下了终生的不解之缘。

硕士毕业后，赛珍珠再次返回中国。接着，她与美国经济学家约翰·布克结婚，两人在土地贫瘠的宿州生活了 3 年。其间，她接触到许多目不识丁、辛勤劳作的中国农民，耳闻目睹了他们如何在贫穷困苦以及天灾人祸中不屈不挠地挣扎和拼搏。中国农民的善良和顽强深深地感动着赛珍珠。她发现，一直以来，西方对中国人的了解和评价都是片面的甚至是扭曲的。她觉得，眼前这些不辞辛苦、坚毅勇敢的农民才是中华民族的真正代表。她决意替这些不善言辞的中国人说话，用自己的文字写下他们生活的艰辛、理想与追求，向美国以及全世界呈现一个真实的中国。

二

为了方便传教，赛珍珠一家没有住进与外界隔绝的租界或侨民保护区，而是在比较落后的地区与中国普通百姓毗邻而居。最可贵的是，赛珍珠不仅酷爱读书，还尽可能深入中国民间，四处走访，跟老百姓交朋友。因此，她对中国历史和现状的认识甚至不亚于许多中国作家。她的写作与外国某些浪漫主义作家不同，他们大多是在制造异国情调，以满足本国人民的好奇心。赛珍珠写中国，则纯粹是出于对中国人民的关心、同情甚至是感恩。她曾说过："我早已学会了热爱中国农民，他们如此勇敢，如此勤劳，如此乐观而不依赖别人的帮助。长久以来，我一直致力于为他们讲话。"就这样，赛珍珠怀揣一颗赤诚之心，为了表达对中国兄弟姐妹的挚爱深情，她主动承担起"为民请命"的角色，成为中国人民和中国文化的"发言人"。

1919 年，赛珍珠与丈夫来到金陵大学任教，在学校分配的一所小洋楼的阁楼上，她面向群山，文思泉涌，几乎完成了后来为她赢得诺贝尔文学奖的全部作品。这座洋楼现在仍然静静地矗立在南京大学北园的西墙根旁。

1931 年，她以中国农民为题材的长篇巨作《大地》在纽约出版，引起轰动，她亦于一夜之间名声大振。1932 年，《大地》获普利策小说奖。1938 年，她又荣获诺贝尔文学奖。赛珍珠一生共创作了近百部文学著作。她的作品，影响了欧洲整整两代人对中国和中国人的看法。正如一位英国学者所指出的那样："是赛珍珠和她的作品为数以百万计的欧洲人民提供了第一幅关于中国农村家庭和社会生活的长卷。"

接受诺贝尔文学奖时，赛珍珠在题为"中国小说"的演说中，向西方文化知名人士宣告："虽然我生来是美国人，但恰恰是中国小说而不是美国小说决定了我在写作上的成就。"接着，她如数家珍地阐述了中国小说的起源与发展演变及其特征，又详细介绍了中国小说名著《水浒传》《三国演义》

和《红楼梦》，最后，她由衷地说："我想不出西方文学中有任何作品可以与它们相提并论。"

另外，在创作《大地》之余，她还花费5年时间，翻译了中国古典文学名著《水浒传》。虽然迄今为止已有多种国外译本，但赛珍珠翻译的《四海之内皆兄弟》无疑是最为准确、最有影响力的。

赛珍珠的文学创作不仅呈现给世界一个真实的中国，并且她亦是第一个把中国农民放在跟西方人同等地位来描述的外国作家。这样的言论，对现在而言，似乎没什么大不了。然而，在当时那个对东亚充满偏见的年代，却可谓石破天惊。

美国前总统尼克松曾经称赛珍珠为"沟通东西方文明的人桥"。她的努力和尝试，为中国社会的进步赢得了国际上广泛的同情与支持。正如获得诺贝尔文学奖时，瑞典文学院的颁奖词所言："赛珍珠的作品，为西方世界打开了一条路，使西方人用更深的人性和洞察力去了解一个陌生而遥远的世界。"

三

赛珍珠虽然获得了诺贝尔文学奖，但美国文学界并不接受她。当时以男性为主流的美国文坛，根本容不得一个以写异国题材为特色的女作家独占鳌头。大诗人罗伯特·弗洛斯特曾说，如果连赛珍珠都能得到诺贝尔文学奖，那么每个人得奖都不该成为问题。另外，作家威廉·福克纳甚至更为尖刻，说他宁愿不拿诺贝尔文学奖，也不屑与赛珍珠为伍。当然，后来这位小说家依然白豪地站在了赛珍珠曾经站过的领奖台上。

赛珍珠在世界上的影响力至今不衰，不仅源于她的文学成就，还在于她创立了世界首家无种族收养机构"欢迎之家"，为成千上万名儿童提供了生活保障与资助。1964年，怀着对亚洲国家的特殊感情，为了帮助不符合收养条件的孩子，她又成立了"赛珍珠基金会"。她把写作所获的丰厚稿费和版税，几乎全部用在了各种福利事业上。

作为女人，赛珍珠的一生是成功的，亦是孤独的。

由于丈夫布克有家族遗传病史，他们唯一的女儿只能是一个永远长不大的弱智儿童。并且，她本人亦因生产意外而不能再生育。她与布克的婚姻早已名存实亡。虽然她与第二任丈夫也算琴瑟和谐，但没有人能真正懂得并走入她的内心。

金发碧眼、一身中国打扮的赛珍珠，在世人眼中始终是一个异类。她把美国称作"母国"，把中国称作"父国"。双重文化背景的生活，带给她的既有取之不尽的恩泽，亦有相伴终生的痛苦。

由于各种原因，自 1934 年回到美国后，赛珍珠再没踏上过中国这片令她日思夜想的故土。虽然她被称作"大地之女"，然而她热爱的大地却不在脚下，而只能萦绕在梦里。梦里不知身是客。读大学时，籍贯一栏她填的是"中国镇江"。病逝后，按其遗愿，她的墓碑上没有任何称谓，只镌刻着自己手书的 3 个汉字：赛珍珠。

因为爱，她早已忘记了自己异乡人的身份，早已忘记了所有的曲解与伤痛。她的心里只有一颗中国心，一场中国梦，纵然爱梦难圆，依旧无怨无悔……

（摘自《读者》2011 年第 18 期）

花好月圆

水 格

人为什么要见最后一面？

生离就是死别，"不期而别"多好！

2012，传说中的"世界末日"。

新年的时候去串门，亲戚散布谣言：年底的时候，上天震怒，大灾之年，要死一批人，想要活命，从现在起须一心向佛。

又说，那时天全是黑的，全球断电，家里得多买蜡烛，吃的喝的也要备足，据说会连着三个月都没有太阳……

亲戚说得酣畅，就像她经历过末日一般。

我爸说，迷信，全是迷信！要是末日真来了，我们谁都跑不了。

亲戚说，宁可信其有，不可信其无。

我现在想，要是当时信了，是不是后来就不一样了。

"末日之年"的大年初七，我离开冰天雪地的东北，经香港飞去了台湾。

走的时候我爸一脸不情愿，初七就走啊，不在家里过完十五？

听他这么一说，细细想来，我好像有十几年没在家过元宵节了，从读中学时起，便老是初十之前就回学校读书了。

我说，你不是喜欢看翠玉白菜吗，我替你去台北故宫看看。

我爸说，注意安全。

在外漂泊的这十几年，我爸跟我说得最多的就是注意身体啊注意安全啊，没任何新意，我都听腻了。

迫不及待地想走。

有时候，我们并不清楚，人生的路上，哪一段需要你大步疾行，哪一段需要你徘徊辗转。

2 月底的台湾，飞机还没落地，舷窗上便挂满雨水。入夜后的空气里有*丝丝冰冷*。

我们第一晚住宿在基隆港，从酒店的窗户望出去就是码头。

我们从基隆港出发，一路向南，台北、台中、台南，一直跑到了台湾岛的最南端，绕过了北回归线，折向台东，到达花莲的时候恰好是元宵节。

那天晚上的月亮又大又圆又亮，像是电影里用特效做上去的，挂在天鹅绒般的夜幕中。

我们住在乡下姐弟俩经营的一家客栈。

吃晚饭的时候，年轻的弟弟一边给我们做豆浆，一边很热络地跟我们聊天。

他说，我们台湾啊，台东不行，年轻人都去大城市了，大城市多好啊，灯红酒绿的，结果我们这里留下来的都是一些老人。我年轻的时候，也一腔热血，跑去台北打拼，那时候，我老觉得自己能在台北干出一番事业来，可是最后什么也没干成。台北是好啊，谁不想留下来，可是房价太高了，买不起，没有工作的话连房都租不起，我干了几年也没攒下什么钱。后来我姐叫我回来，一起努力把这家店开起来，我现在很幸福。我从小在这儿长大，人是熟的，路也是熟的，连海边那些石头我都熟，干吗非背井离乡地去挣那个辛苦钱呢？能跟亲人在一起，一辈子生活在一个小镇上过简单生活也很棒！

然后他就示范幸福的细节，跟人聊起这间客栈来全是发自内心的自豪，院子里铺满的鹅卵石是怎么来的，设计的时候怎么把院子中间的几棵大树保留下来的，硕大的桌子用的是什么木材……

我一边听一边想，这和我这样的大陆北漂也没什么不同。

有一年我觉得在东北实在待不下去了，不仅穷困潦倒而且绝望窒息。我老觉得自己有一颗年轻又滚烫的心，心尖上全是踮脚张望的梦想，于是那一年 11 月的一个晚上，我揣着一张火车票，一个人去了北京。

那之前我若无其事地和我爸说，我辞职了。

他的眼神明显一暗。

我们年轻的时候，老是迷恋远方，不顾一切地离开家，走的时候义无反顾，连头都不肯回一下。我永远都没法忘记 2009 年的初冬，东北开始下雪了，我一个人挎着背包，紧攥车票，带着一种悲壮和决绝，上山下海，闯荡世界。

10 年前，离开花莲去台北打拼的客栈老板恐怕也是这样。

而 60 年前，风尘仆仆离开青岛的致远是不是这样，隔得太远了，我看不清。

1949 年的端午，青岛的码头上人潮汹涌，混乱骚动。

十万国民党军队节节败退，集结在青岛码头仓皇撤退。

致远在国民党的军队里做传令兵，他不是城里人，是青岛附近的乡下孩子。

那年春天，他结婚了，妻子是同村的姑娘，和他青梅竹马两小无猜。如果没有战乱，一切都是宁静和美好的人间故事，他们恩爱相伴，扶老携幼，一辈子会过得平淡又精彩。

可是时代选择了数以万计的中国人，万水千山，颠沛流离。

致远就是其中的一个。

18 岁的致远，清瘦英挺，远看是个大人，走近了看，脸上的稚气未脱，眼里还是孩子才有的流转的光。他套在大号的军服里，被混乱不堪的人群裹挟着上了开往台湾的轮船。

码头上见最后一面时，从乡下赶来的新婚妻子，硬生生塞给致远一块叠得方方正正的手帕。

手帕里面是硬的。

一捏，致远就知道，那是他们结婚的时候，他家几乎倾家荡产送给姑娘的唯一彩礼——一枚戒指，还是银的。

致远不要，推还给她，她又塞回去。

两个年轻人较着劲，眼睛通红，推搡着手中的手帕，海风一吹，就快把眼泪吹出来了。

码头上还有几千人上不了船，渐渐演变成一场骚乱。他俩一会儿聚拢，一会儿又被人潮冲散，就像被浪裹挟着漂浮在水面上的浮萍。

那一场告别，仿佛是历史的默片，画面上全是跳动着的噪点，除了电流一般的杂音外，你听不见声响。

他们都没说什么话。

妻子告诉致远爹娘病倒了，走不了这么远的路，来不了。

致远应了一声，嗯。

他知道，从村里到码头，要走一天一夜。

后来，就那样分手了。

这样一分开就是 50 年，致远再也没有见到他的爹娘。

元宵节那晚，同行的人想要吃酒赏月，客栈里却没有条件。老板热心地告知我们步行一里外有一家 7-11 便利店，于是我们一行三人就顶着元宵节又圆又亮的月亮出发了，没想到刚走出几百米，就彻底迷失了方向。路过一户人家，时候已经不早了，有几个人却兴致不减，就着月光围在大门口的小桌旁喝酒。我本来是过去问路的，结果对方一听我是大陆口音，又听说我祖上三辈是青岛人，说什么也不肯放我走，拉我们一起喝起酒来。

我过几天要去大陆啊。他说。

聊起来竟发现我们是同一天的航班。

太巧了吧！

他说，我去青岛，我有个叔叔从台湾回青岛定居了，所以我每年都要回去两次。

这个在花莲乡下拉我们吃酒聊天的人，是致远的侄子。

当然不是亲侄子，是致远过去长官的儿子。

致远当的是传令兵，他不是为了讨一口饭去当的兵，而是在乡下被抓的壮丁，入伍还没一个月就兵荒马乱地一路往南，回过神来的时候，人已经在高雄的码头上了。

18 岁的致远站在高雄的码头上，望着海的对面，他想，过个一年半载，安稳下来，就可以回家了吧，至少是可以回到海的那一边了吧。脚下踩着的这块土地不过是一个驿站而已。

18 岁的致远这样想。

所以在台湾过了那么几年后，到了谈婚论嫁的年纪，他的长官问他有没有中意的姑娘时，致远皱着眉说，没有我看中的姑娘啊。

听他这么说，长官就指着一院子的外省兵说，狼多肉少，还有你挑拣的份吗？你一个外省人，要啥没啥，能娶到媳妇就是福气，多少人都一辈子打光棍呢。

那时长官要介绍一个姑娘给致远。

24 岁的致远帅气英俊，青春正好，有本地姑娘暗恋他，他佯装不知，总是推托。

被长官的话逼急了的致远，拿出戒指，眼泪汪汪地说，我和他们不一样，我结过婚，她还在山东等我回去。

有人肯等你一辈子吗？长官长叹，我们都还回得去吗？

长官拿致远当胞弟，嘱他攒钱买房置业，做好两手准备。

要是一辈子都回不去了，一个人在这边难免晚景凄凉，很多找不到老婆住进了"荣军之家"的外省老兵的生活只剩下酗酒抽烟，除了打仗他们什么也不会，孤独终老。

就在致远对回家彻底绝望的时候，他想，既然一辈子都回不去那个叫故乡的地方，那就不如给自己一个机会吧。

致远的念头刚有松动的时候，一个淡水姑娘就出现了。

刚刚好的缘分。

那时致远还不太老，30来岁，略有积蓄，有一份还算体面的工作，他送给淡水姑娘的信物是一枚白银戒指。

送的时候致远没说话，因为眼里噙着泪花。

淡水姑娘说他小气，都不是黄金的。

他没说话，心想，黄金也没它金贵，你要配得上这枚戒指。

淡水姑娘不知道这枚戒指的来历。它跟着他，漂洋过海，再难再穷的时候，致远都没想过把它当掉。

它就像一枚印章，刻在致远的生命里，告诉他远在故乡，还有他的另一半。

他相信她一定还在等他回家。

他记得新婚的时候，妻子说很喜欢戒指，那些阔太太手上戒指啊、手链啊银光闪闪，不知这辈子有没有机会也能穿金戴银。

这枚戒指的前世今生，致远都没跟淡水姑娘说。

致远问她，喜欢吗？

淡水姑娘笑笑没说话，她还是觉得要是金子的就更好。

马上就要结婚的时候，致远收到了一封从大陆捎来的信，然后他就取消了婚约。

他去找淡水姑娘要回戒指。

致远不知道她是故意的还是报复，总之那枚戒指被淡水姑娘弄丢了。

他就像一个几岁的孩子，在大街上抱头大哭。

当然他撕毁婚约不是因为淡水姑娘弄丢了戒指，而是他在几天之前得到了一个让他彻夜难眠的消息——她还在。

而他现在是一个 14 岁孩子的爹。

1949 年，致远离开后的那个冬天，年轻的妻子为他产下一子。

这世上最残忍的事，恐怕莫过于时间了，一直单身的致远已经从青春少年变成耄耋老者。退休后的致远去了"荣军之家"。

50 年的时光，在台湾，还有成千上万个这样回不了故乡的孤魂野鬼，很多外省老兵讨不到老婆，找不到工作，每个月把政府发下来的钱花光，日子在一片混沌中无情地朝前推进。但在那一片混沌中，他们都有着不曾熄灭的一点光。

那光，不是回家，而是落叶归根。

致远算是运气好的，有次搞活动，致远竟抽中签，由政府协调和埋单，送老兵回大陆老家。50 年啊，整整 50 年，致远就像个孩子一样兴奋得两眼泪流。他攒了几个月的钱，由侄子陪着，在商场买了 4 枚大金戒指。侄子问他送给谁，他腼腆地说，送给老伴。

侄子送他去机场，看着他驼着背义无反顾地过了海关。

致远真的是幸运的，老伴还在。

只不过沧海桑田，老家那儿现在已经被并入青岛市，成为城市的一部分。这座城市比台北还漂亮，他就像个孩子一样拼命地看啊看啊，可是眼前的东西太拥挤了，他看不过来，眼睛像是罩上了白蒙蒙的一层水汽，用手背擦一擦，全是泪水。

儿孙满堂，却是少小离家，笑问客从何处来。

50 年后，致远回乡，在众人的簇拥下看见了那个跟自己一样老去的姑娘。老得不成样子，都认不出来了。

她说，饭在锅里，我给你热。

从大陆回来后，致远不再酗酒，紧张地过起了日子，把钱攒起来只为每年飞回大陆一次，买尽可能多的礼物。这样持续了两三年之后，有一年，致远不再回去了。

侄子问为什么。

因为老伴没了。那年老伴生病去世了。

还有儿子啊。

不是他养大的，儿孙其实只在意他有没有钱，并不孝顺。一开始他们以为从台湾回来的亲人都腰缠万贯，很快他们就发现了真相，再回去时儿孙都不太待见，拿不出钱来就给他脸色看，仿佛他是一个突然闯入的陌生人一样，全家只有老伴爱护他。

现在老伴没了，他再回去，又有什么意义呢?

侄子当时的工作在台北，看着致远叔叔一切如前也就没太担心，年轻人忙于工作总是会疏忽老人。半年过去，毫无音信的致远叔叔像人间蒸发了一样，打电话竟也联络不上，于是侄子驱车数小时从台北赶至花莲，却还是遍寻不着。

花了一天时间，他最终在精神病院的一个铁制的笼子里找到了致远叔叔。

他当时就崩溃了。

致远就像是马戏团里的动物，被囚禁在铁笼子里。

他很安静，不吵不闹的。

侄子急了，去找人讲理、抗议、投诉，却被告知致远一度想要轻生，几次跳楼被阻拦，实在没有办法才把他关在笼子里。

侄子解救了致远。从精神病院回来后，致远被带到台北，他在侄子家的床上躺了足足有三个月。

三个月之后，当年一起来的战友陆续都回山东了，何况战友们在台湾还有子孙。致远在某一天像是顿悟了一样，那天侄子下班一进门，就看见致远精神矍铄地站在客厅，身边放着一个旅行箱，他说，我要回家了。

侄子不同意，死活不同意。

你去那边怎么办，你年纪大了，身上还有病，那边的亲戚又指望不上。侄子问，不怕儿子不孝顺吗？

致远说，不怕，我要回家，活着的时候我跟老伴海角天涯，死后我要跟她在一起，我要落叶归根。人生这条路，走到头，大家都一样，既然都是死路一条，为什么不选择落叶归根呢？你去全台湾走一圈看看，有多少人埋骨他乡，有的人，活着的时候不能回去，死了之后想把骨灰送回大陆的老家。相比之下，我还能活着回去，是件多么幸运的事。

后来呢，后来致远去了大陆，再也没回台湾。风风雨雨生活了大半生的台湾，对致远来说，确实只是一个驿站而已，只是在这个驿站停留得太长了，长得几乎耗尽了他的一生。

致远现在每个月可以领到两万多新台币的"荣民补贴"，约合人民币5000块钱。

他用这笔钱在青岛租了房子，雇了保姆。

他住得离墓园很近，每天中午阳光好的时候，他就请保姆推着坐在轮椅上的他去墓园，在老伴的墓碑前说说话。

有时候，他在那里一待就是一下午，待到暮色渐沉，夕阳沉沉地落下。他昏昏沉沉，嘴角流着口水，像是在说，我也快回家了，等我。

有人等了他一辈子。

他用一辈子等了一个人。

龙应台说，所有的生离死别，都发生在一个码头，上了船，就是一生。

致远的故事是那个时代最坏的故事，他却经历了这个时代最好的爱情。

2012 年，没有任何告别，爸爸离我而去。对我和他来说，确实一语成谶，这一年变成了如假包换的末日。

整个秋天，我晨起的第一件事都是念《地藏经》，之前那位亲戚说，佛祖可为亡灵超度。

这世上所有的暂别，其实都可能变成永别。

每一个相聚的当下，都是人生中最美的花好月圆。

请好好珍惜。

（摘自《读者》2015 年第 5 期）

双文化人

冷益华

　　一年前，小张因公派交流，来到美国的一个城市。私底下的她热情外向，喜欢和中国人聚在一起话家常，很快就有了一帮中国朋友。可工作中的小张并不那么如鱼得水。她平时与美国同事几乎没有任何交流。在组会上，因为听不明白别人说话的内容，她很少发言。"根本说不上话。也不知为何，一旦在需要英文交流的环境里，我就像变了一个人似的。之前的外向和主动都没了，我完全没法投入。"小张描述的这个问题很多留学生也有。

　　如果将这个问题从另一个角度阐述即是：不同的语言会令个体呈现不同的性格吗？这个问题不断被语言学家、心理学家，乃至神经学家讨论，却从未有过一致的结论。为此，我查阅了许多文献资料。其中的几个行为学方面的发现或许能在一定程度上提供解答的线索。

　　经济行为学家丹尼尔·卡内曼在他的展望理论中提到一组行为测试：

　　政府要应对一场预计会令 600 人丧命的罕见疾病侵袭。目前只有两种方案：

1. 如果方案 A 通过，200 人将获救；

2. 方案 B 若被采纳，1/3 的概率救活所有的人，2/3 的概率 600 人都无法获救。

结果，72%的医生选择了有确切结果的 A 方案，只有 28%的医生选择了具有风险的 B 方案。接着，测试题目被改成了：

若方案 C 被采纳，400 人将会丧命；若方案 D 被采纳，1/3 的概率无人丧命，2/3 的概率所有人丧命。

这轮测试中，只有 22%的医生选择了方案 C，78%的医生选择了带风险的方案 D。

两组方案表达的意思相同，却由于表述方式的不同，而导致完全不一样的选择倾向。对此，卡内曼解释说人们对损失比对获利更敏感。面对获利，人们偏好保守、确切的选项。而面对亏损，人们会本能地回避，更倾向于通过冒险将损失最小化。这种决策上的思维偏差叫作"损失规避"。

芝加哥大学心理学教授波尔兹·科萨在一群受试者中重复了这个实验。不同的是，这群测试者除了母语英语之外，还会说流利的日文。他们被分为两组，分别用英文和日文进行测试。结果表明，英语测试组依然呈现损失规避的思维误区，而日语组却没有明显的选择偏好。选择 A 方案和 C 方案的比例都接近 50%。为了进一步证实这一变化源于使用了外语，科萨和他的团队在韩国一所大学召集了一批当地学生，分别用母语韩语和第二语言英语重复实验。结果还是母语组呈现损失规避，而外语组没有。可为什么外语会造成思维的不同呢？

近年来，选择出国留学的年轻人越来越多。如何熟练运用外语，如何融入西方社会成了当下的热门话题。各种语言练习、礼仪培训课层出不穷。可即便在资源如此丰富的情况下，也有很多年轻人在异国经历着尴尬、孤独和局促。

这些资源就像各种门派的功夫教程，它们传授的只是招式：对方说这句话时，该怎么接才显得自然；用什么俚语能把对方逗乐等。可很少有人关注核心问题：如何修炼"内功"？为何一个人掌握了各种语言技巧之后，还是没法如母语般直抒胸臆？上述科学发现反映出的第二语言引起的情感疏离或许才是"不自然"的根源。专门从事人类意识研究的神经生物学家安东尼奥·得马西奥认为，情绪反应是自我意识的基石，是思维活动的主要推动力。缺乏情绪中枢参与的推理和思考，虽然也能正常进行，但因感性的缺位，个体很难通过机体的生理反应（例如心跳、血压的变化）与周围环境产生联结。

时隔一年，我再次见到小张。她已完成一年的访问交流，准备回国。

她告诉我，这一年她结识了很多与她背景相似、年龄相仿的中国朋友，形成了一个小团体。周末他们一起开车去中国超市买菜，放假后一起去周边景点游玩。他们一起度过了中秋节、感恩节、圣诞节、除夕，一起包饺子，看春晚录播。只要是个节日，他们就会聚在一起。

问起这一年在美国生活的收获，她这样回答："一年时间太短，想要融入美国人的圈子根本不可能，更不要说体验他们的文化了……"

小张嘴里欢快的中文带着穿越般的迷惑，不断挑战着我对所处空间的清醒认知。我究竟在哪儿，美国吗？可为什么这里的一切那么像中国？

"东西方的文化价值观念，就像油和水一样难以相溶。了解越多，便明白其中的差异越大。"一位在欧洲留学多年的友人曾如此感慨。原来在融入障碍里，除了语言，还有语言背后所承载的更为厚重和深远的东西。它的名字叫文化。

一天，我正在咖啡厅里阅读一本中文小说。一位头发花白的美国老人走到我跟前，用带着口音的中文说："你好。我知道你看的是中文。这本书不错吧？"老人名叫比尔。20世纪80年代他来到北京学习中文，之后从事旅游贸易生意，频繁往返于中美两地。如今他已退休，在这个城市买了房子，准备安心养老。

我想：这个圆滑的美国商人也会经历东西方文化碰撞带来的不适吗？

"最初几年确实很难。改革开放才刚开始，很多中国人还不太欢迎外国人。后来就好了很多。这可能也跟我的成长背景有关。"比尔合上正在阅读的《纽约时报》，摘下眼镜，给我讲起了他的身世。

"我是第三代移民。祖父母100多年前从爱尔兰搬来美国纽约。我在那里出生，在犹太人的社区长大，然后在纽约上的大学。纽约真是个伟大的城市，它接纳了来自世界各地的移民。我从小就接触各国的二代、三代移民。大学时代我最要好的两个朋友，一个是意大利人，一个是墨西哥人。作为一个美国人，对于不同的文化，我都能开放接受。在中国生活了这么多年，我虽算不上是个很好的双语者，但绝对是个双文化人。"

双文化人！这个词仿佛被荧光笔标记了一般，从比尔的话语中鲜明地突显出来。英语，在中国的基础教育体系里，是与语文、数学并重的主课。然而，双语带来的双重文化，双重文化带来的矛盾，还有处理这些矛盾的技巧却从未在我们的教育中被提及。

究竟要不要融入？这个经典的问题隐含着一个更为深刻的疑问：在国外，要不要接受西方主流的价值体系，过上完全西化的生活？

这道选择题，相信每个人都有自己的答案。在这里我也无心去比较孰优孰劣，倒是愿意提出另一种可能的选项：成为双文化人。也许东西方的文化真的不能调和，然而世界也不是二元对立的，那么为何不同时接纳二者，调制出属于自己的独特风味？比尔选择了在双重文化框架中积极探索自己的位置，收获了不一样的人生体验和艺术灵感。

语言使用的正确与否也许并不那么重要，对能否融入外国人的圈子也不应太过纠结。无论最后选择归国还是留下，更重要的是，要将这两种文化纳入自身，建立感性联结。在全球化背景下，努力绘就具有自己鲜明个性的独特图画。到那时，希望你也愿意花上喝一杯咖啡的时间，与我分享你独一无二的双文化故事。

（摘自《读者》2017年第7期）

奇人高罗佩

何映宇

东方的福尔摩斯

1935 年，荷兰汉学家高罗佩（Robert Hans van Gulik）在日本，因缘巧合读到了一本奇书，即清初的公案小说《武则天四大奇案》。

这本书共 64 回，薄薄的一本小册子，和后来高罗佩写成的 150 万言巨著无法相提并论。高罗佩惊叹于中国公案小说的有趣，将其翻译成英语介绍至西方，一时兴之所至，竟袭用其中的主人公狄仁杰，用英文写了狄仁杰探案系列的第一本《铜钟案》，出版后大受欢迎。高罗佩遂一发不可收，先写出《狄公案》中的后三本：《迷宫案》《黄金案》和《铁钉案》，之后，每年一本，共写出 13 本《狄公案》小说，包括一本短篇集，立即风靡全球。

这套书在西方风靡到什么程度呢？不仅荷兰外交官必读，而且美国国务院也曾规定，到中国任职的美方工作人员，都要阅读高罗佩的小说，以加深对中国人的了解。

可是在写《狄公案》时，他的中国夫人水世芳却颇有意见，高罗佩和水世芳的女儿宝莲·范古里克对记者说："她确实有点意见，因为对我母亲来说，她不太能接受这些小说里的那些杀人故事。她出身于中国的上层社会家庭，从来没有接触过这一类的社会黑暗面，她似乎也很难想象这样的事会真的发生。我想她在若干年后，仍然没有完全接受它，我想她可能并不太喜欢这一类的小说。"

不管怎么说，狄仁杰和高罗佩都火了。狄仁杰在西方人眼中，自然而然就成了"东方的福尔摩斯"，但你能说高罗佩就是荷兰的柯南·道尔吗？没那么简单。高罗佩是出了名的中国通，他在荷兰莱顿大学和乌德勒支大学攻读中文、日文、藏文、梵文，通晓15种语言，硕士论文是米芾《砚史》的英译。1935年，25岁的他以关于巴比伦出土文物的出色论文《马头明王古今诸说源流考》而获得博士学位，年纪轻轻已学贯中西，博学多才。从书画、围棋、古琴到佛教、长臂猿，可以说是无一不通，无一不精。在小说中，他对中国古代典狱、刑律都如数家珍，因为他仔细研究并翻译过中国古代案例汇编《棠阴比事》，绝非拍脑瓜瞎写可比。

琴　道

高罗佩兴趣广泛，他的另一大爱好就是古琴。

2013年9月刚刚由中西书局出版的《琴道》是他1940年的作品（之后将陆续出版他的《中国绘画鉴赏》《米芾砚史》《嵇康及其〈琴赋〉》《书画说铃》等多部重要著作及译作）。早在他进入荷兰外交部，作为助理翻译开始工作的那段时期，他就接触到了中国的古琴。1936年，他前往荷兰驻日本大使馆工作，并迷上了古琴，天天无琴不欢。当时，他与中国驻日大使许世英及使馆参赞王芃生结交，在东京，他曾为王芃生抚奏《高山流水》一曲，并谓："贵国琴理渊静，欲抚此操，必心有高山流水，方悟得妙趣。"

到中国之后，他对中国琴棋书画的了解让他很快在文人圈子里成为座上宾。1943年，高罗佩在重庆参加了"天风琴社"，于右任、冯玉祥、徐悲鸿、齐白石、郭沫若、饶宗颐等人都成了他的朋友，谈诗论艺，曲水流觞，引吭高歌，诗韵酬唱，真高雅之事也。

在这里，他还收获了幸福。水世芳是张之洞的外孙女，当时在荷兰驻华大使馆社会事务部任秘书，并为高罗佩补习中文，两人朝夕相处，难免日久生情。相识6个月后，两人在重庆的教堂结了婚，婚后，他们有了4个子女，其中一位就是宝莲·范古里克女士。在她的印象中，父亲从不专门给她弹古琴，总是在深夜，等她已经睡熟了，才弹上一会儿。"我想他喜欢一个人放松的时候弹古琴，我不知道他几点睡觉，有时候他下午会睡一会儿，大概10分钟。他那张琴很古老了，明代的，声音很柔和，非常动听。"

而正在拍摄高罗佩纪录片的荷兰导演罗幕听过他弹奏的古琴曲，他说："其实我觉得高罗佩的古琴技艺并不那么好，我在网上听过他弹奏的片段，一个人怎么可能样样擅长呢！但是一个从不允许外国人参加的私密俱乐部接受了他，说明他真的被中国当时的精英们认可了，而且因为写了《琴道》一书，人们很尊敬他。"

高罗佩还留下一张唱片，但估计听过的人寥寥无几，那不是古琴曲，而是猿哀啼。那是他晚年时的最爱——长臂猿，也成为他最后一部专著的题目：《中国长臂猿——中国动物传说札记》。

1967年，时任荷兰驻日本大使的高罗佩因罹患肺癌，在荷兰去世，年仅57岁。

（摘自《读者》2014年第3期）

林肯中心的鼓声

木 心

　　我搬到曼哈顿后，住处邻接林肯中心。听歌剧、看芭蕾自是方便，却也难得去购票。

　　开窗，就可望见林肯中心露天剧场之一的贝壳形演奏台。那里每天下午、晚上，各有一场演出。废了屋中的自备音响，乐得享受那大贝壳中传来的"精神海鲜"。节目是场场更换的：管乐、弦乐、摇滚乐、歌剧清唱，还有时髦得连名称都来不及定妥就又变了花样的什么音乐。我躺着听，边吃喝边听，比罗马贵族还惬意。但夏季没过完，我已经非常厌恶那从大贝壳中传来的声音了：不想"古典"的日子，偏偏是柔肠百转得惹人腻烦；不想"摩登"的夜晚，硬是以火爆的节奏乱撞耳膜。不花钱买票，就这样受罚。所以，每当电光闪，雷声起，阵雨沛然而下时，我都十分开心：看你们还演奏不！

　　可惜不是天天都有大雷雨，只能时候一到，关紧窗子。如果还是隐隐传来，便打开自己的音响与之抗衡。奇怪的是，但凡抱着这种心态的当儿，自选的音乐也是听不进去的。可见行事必得出自真心，强求是不会快乐的。

某天晚上，灯下写信，那大贝壳里的旋律又发作了。看看窗外的天，不可能下雨，窗是关紧的，别无良策，顾自继续写吧……乐器不多，鼓、圆号、低音提琴，不三不四的配器……顾自写吧……写不下去了——鼓声，单是鼓声，由徐而疾，由疾更疾，忽沉忽昂，渐渐消失，突然又起落翻腾，恣肆癫狂，石破天惊，戛然而止。再从极慢极慢的节奏开始，一程一程，稳稳地进展……终于加快……又回到凝重的持续，不徐不疾，永远这样敲下去。永远这样敲下去了，不求加快，不求减慢，不求升强降弱，唯一的节奏，唯一的音量……其中似乎有微茫、偶然的变化，变化太难辨识，却使听觉出奇地敏锐，最为敏感的绝望者才能感觉到它。之后鼓声似乎有所加快，有所升强……后又加快升强，渐快，更快，越来越快，越来越快……快到不像是人力击鼓，但机械的鼓声绝不会这般有"人味"。是人在击鼓，是个非凡的人，他否定了旋律、调性、音色、记谱符号。

这鼓声引醒的不是一向由管乐、弦乐、声乐所引醒的因素。人，除了历来习惯于被管乐、弦乐、声乐所引醒的因素，还确有非管乐、弦乐、声乐所能引醒的因素，它们一直沉睡着、淤积着、荒芜着，原始而古老。在尚无管乐、弦乐、声乐伴随时，这些因素出现于打击乐，在漫长的遗弃废置之后，被今晚的鼓声所引醒，显得陌生而新鲜。这非音乐的鼓声使我回到古老的蛮荒状态，更接近宇宙的本质。这鼓声接近于无声，最后仿佛只剩下鼓手一个人，而这人必定是遒劲与美貌、粗犷与秀丽浑然一体的无年龄的人。真奇怪，单单鼓声就可以这样顺遂地把一切欲望击退，把一切观念敲碎，不容旁骛，不可方物，把它们粉碎得像基本粒子一样，分裂飘浮在宇宙中……

我扑向窗口，猛打开窗子，鼓声已经在圆号和低音提琴的抚慰中做激战后的喘息，低音提琴为英雄拭汗，圆号捧上了桂冠，鼓声也将息去——我心里发急，鼓掌呀！为什么不鼓掌！拥上去，把鼓手抬起来，抛向空中，摔死也活该，谁叫他击得这样好啊！

　　我激动过度，听众在热烈鼓掌、尖叫……我望不见那鼓手，只听到他在扬声致谢……掌声不停……但鼓声不起，他一再致谢，终于道晚安了。明亮的大贝壳也转为暗蓝，人影幢幢，无疑是散场了。

　　我懊丧地伏在窗口。开窗太迟，没有全部听清楚，还能到什么地方去听他击鼓？如果有机会，就算天降大雨我也会步行去的。

　　我不能荏弱得像个被遗弃的人。

　　又不是从来没有听过鼓声，我向来注意各种鼓手，非洲的、印度的、中国的……然而这个鼓手怎么啦，单凭一面鼓就使人迷乱得如此可怜！我承认，他是个幸福的人，我分不到他的幸福。

（摘自 《读者》 2017 年第 13 期）

守岛记
杨书源

开山岛，位于我国黄海前哨，归江苏省连云港市灌云县管辖，是一个国防战略岛。开山岛虽为弹丸之地，但因位于灌河口，地形险要，具有重要的战略地位。1939 年，日军攻占灌河南岸，就是以此为跳板，其地理位置对于海防、国防十分重要。

到开山岛的第 3 个白天，我异常焦灼地望向 400 米开外礁石上孤零零的灯塔——那是海面上唯一可见的目标物。

等船来——这是支撑我一天的所有信念。"如果今天也走不了怎么办？我们 3 天也守不下去，他们俩 32 年在孤岛上是怎么过的？"同样在等待的同行者中，有人忽然说了这句话，众人沉默了。

1986 年，26 岁的连云港灌云县民兵王继才来到开山岛驻守。岛上实在凄苦——多年无水无电，杂草丛生，风蚀峭壁。

王继才成了开山岛民兵哨所所长。而他的部下始终只有一位：体恤丈夫凄苦而与他一起上岛的妻子王仕花。

在最近 10 年间，王继才夫妻的事迹渐为公众所知，全国"时代楷模"等荣誉接踵而来。然而，他们的生活轨迹并没有发生改变，二人继续守岛。直到 2018 年 7 月 27 日，王继才在执勤期间突发疾病，因抢救无效去世，年仅 58 岁。

而我，作为一个和王继才当年上岛时同岁的"90 后"记者，来到岛上体验 3 天 3 夜的守岛生活，只为寻找一个答案：到底是何种信念，能够让人坚守孤岛整整 32 年？

一

困境从 2018 年 8 月 15 日登岛前的 1 小时就已开始。送我们一行五人去岛上的船只，虽已泊在开山岛，但因台风疾雨忽至，众人被困舱中。

在为开山岛送补给的包师傅眼中，这只是开山岛的日常生活。

雨势渐歇，我们沿着石阶往上爬，一抬头，门开了，门内是笑盈盈的张佃成。60 岁出头的张佃成是王继才夫妇的亲家，以前也当过民兵。自从十几年前夫妻俩因一次紧急外出请他代为守岛，他就成了第三位巡岛人。

屋内摆设陈旧，木桌椅破旧掉漆，看着与空调、电视不大协调。张佃成告诉我，岛上的电是这两年才通的，网络是王继才去世后才有的。至于难得一见的空调，由于功率过大，是 2017 年才用上的。

因为岛上是靠太阳能发电的，能不能供上电，得看天。遇上台风天，停电就成了再自然不过的事。

水，更是稀缺的必需品。岛上不通自来水，也没有海水淡化设施。王继才自上岛，就开始在一口枯井里蓄雨水，用于生活所需。至今，这口井仍是生活用水的来源。饮用水则依靠岸上的矿泉水补给，一旦天气变化就会断供。

在岛上，一日三餐几乎都靠白水煮面和酱油拌饭维持。

上岛第一顿饭，尽管简单，张佃成还是一个劲儿地让我们多吃点。他笑着说："吃饱了就不想家了。"

二

"升国旗了！"次日清早，我被张佃成在走廊里响亮的喊声叫醒。我精神一振，赶紧跑去山顶的天台看升旗。

这个仪式在过去的 32 年里，大多数时候的见证者只有王继才和王仕花。这对夫妻的每一天都从升旗开始，然后巡岛，巡岛后再写巡岛日志。

1986 年，王仕花犹豫了一个多月后，决定把女儿托给婆婆，也要上岛。王继才嘱托妻子带一面国旗来，他说："小岛虽小，有了国旗便有颜色。"

8 月 16 日 13 时许，张佃成见风雨太大，就把国旗拿了回来。"不能让国旗被风吹坏了。"在张佃成第一次来守岛时，王继才就嘱咐过他。

虽然岛上现在有了民兵巡岛，但张佃成依旧按照自己的方式坚持一天至少巡岛两遍。他说："不走几遍，心里空落落的。"

我跟着张佃成巡岛。台风天的风在营房转角处尤其大，人走到那里前俯后仰，难以站立。"岛其实很小，10 分钟就可以慢慢绕一圈，但如果把每一个角落、每一样设备都细细看到位，那就需要一个多小时。"张佃成平淡地说。

跟随巡岛后的第二天，我手脚酸软，像灌了铅。这样的巡岛路，王继才夫妇每天都要走 4 遍。

三

究竟为何守岛 32 年？是为了钱？王继才从未向组织开口提过困难。王仕花当年决定登岛时是小学老师，有望转成正式编制。守岛之后，就算是近两年新增了些补助，两个人全年的收入加起来不到 4 万元。

那是为了名？王继才夫妇屡被表彰，但王继才生前把所有的荣誉证书、奖杯都放进了箱子里。

一个人离开了，在他生活过、热爱过的地方总有痕迹。

宿舍门楣上，有着海风侵蚀下字迹依稀可见的春联，写着"不忘初心""牢记使命"等，都是王继才写的；升旗的旗杆旁，有处地面是修补过的，王继才在这里留下了修补日期"2016.5"。

在一棵大树上，我看到两行字："北京奥运会召开了，热烈庆祝北京奥运会。"

后来我才从王仕花口中得知，这是她留下的字迹。2008 年 8 月，北京奥运会开幕式播出时，夫妇俩没电视看，就围坐在收音机前，听着那一片人声鼎沸。

收音机，是曾经近 30 年间，守岛夫妻联通外界的唯一方式。

四

王继才不是没动过出岛的心思。

王仕花说起一件事：守岛七八年后，儿子要上小学了，她建议王继才抓住这个机会出岛。王继才鼓足勇气找了最早推荐他来守岛的县武装部的王政委。但当时王政委已罹患癌症，在病榻前这位老政委给王继才鼓劲，称赞他守岛守得很好。那一瞬间，王继才转变心意，他向政委打包票："您放心，再苦，我也把岛守好。"

从此以后，王继才真的再也没有动过出岛的心思。他无怨无悔地坚守着，奉献着。

由于夫妻俩常年在岛上，大女儿小学毕业后就辍学在家照顾弟弟妹妹。有一次镇上家中失火，大女儿托船家捎了一张字条到岛上，上面写道："你们心里只有岛，差点见不到我们了。"心急如焚的王仕花赶回家后，母子几人在墙壁被熏黑的家中抱头痛哭。

不过，自从女儿一年暑假到岛上看到父亲就着咸萝卜喝酒，就再也没有抱怨过。

孤独，怎么可能不孤独？王继才是在岛上学会抽烟的。王仕花说，有时王继才的烟抽完了，烟瘾又犯了，只好拿树叶卷纸头来抽。

这几年，王继才喝酒也越来越猛。"他一天要抽3包烟，酒也不离口，没有饭菜吃倒是不怎么打紧。"张佃成觉得，王继才这个急脾气，把自己的不耐烦都消磨在了香烟和酒精里。

夫妻俩的巡岛日志写得很有耐心，无人要求，全凭自愿，每半年写满一本。不识字的张佃成也被要求做记录——王继才让他每天巡岛后在空白页上端端正正地签名，这是他仅会的几个字。新来的3名民兵商量着要把这个好传统延续下去，他们拿起一本日志细读，其中出现最多的一句是："晚上4盏航标灯正常。"

32年的守岛生涯，让夫妻俩的心境与大部分人不同。"我们一出岛，看到外面的人潮会心慌，反倒是进岛成了很自然的事。"王仕花说，2009年夫妻俩第一次受邀去南京录制电视节目，到了主办方安排的宾馆，却因不会乘电梯而走了好几层楼梯；王继才想去买包烟，却不知道该走过街天桥，只能望着车流，神色慌张……

夫妻俩守岛时也曾遭遇危险。比如一次发现偷渡团伙，这一团伙还试图以2万元封口费阻止王继才揭发，但王继才毫不买账。在岛上的日子，他曾向当地公安部门报告9起走私案，其中6起被破获。而更多的时间里，他们就像从岛上岩石里长出的草，慢慢从青绿色变成了锈红色。

五

王继才走后 10 多天，王仕花就向组织递交了继续守岛的申请。

她在丈夫离世后，显得异常坚强。除了应邀宣讲守岛事迹，她空闲时就在镇上的家中做家务。她说，有时做梦，会梦见王继才那只蜷曲的手臂——王继才生前在修码头时扛散沙，不小心弄伤了肩膀，一直没好好治疗，直到去世手也伸不直。

从岛上出来，不管是 3 天还是 32 年，都有"后遗症"。于我而言，那几日里我测量时间的方式由原来的看钟表变成了观天色。每天清晨 5 点便被呼啸的海风唤醒的我，上岸一周后也未能适应城市的作息。

于守岛 32 年的王仕花而言，开山岛几乎烙进了她的骨髓深处。比如，岛上缺水的生活让她养成了极度省水的习惯。我在王仕花镇上的家里，见她在饭后收拾碗筷时先拿一块抹布擦了桌子，又擦水槽，之后又用它擦了手，始终没有将抹布放到水龙头前再冲洗一遍。

不过，3 天 3 夜，直至离开的那一刻，我依旧无法喜欢上王继才夫妇坚守 32 年的开山岛。临走那一刻，简直像一场逃离。

8 月 16 日下午，本是我们一行计划的离岛时间。但受到台风天气影响，当日船无法上岛，我们的归期变成了未知数。众人归心似箭，彼此间话也少了。3 位民兵已经上岛 10 天。在离岛的最后一天，他们和我一样有些不安，时不时来敲门问何时会有船过来。

岛上的艰苦，不管是初来者还是坚守者，谁又能感受不到？

我离岛的那天是 8 月 18 日，包师傅同样经历了一次有些危险的航行来接我们。浪打到船舱里，若不扶住船上的固定物，人实在无法站立。

好在，船来的时候，也带来了开山岛新的民兵、新的物资、新的生活格局：一个冰柜、一组垃圾箱、一些耐贮藏的新鲜蔬菜……

我离岛的时候，恰逢张佃成刚走完中午的巡岛路，正在水泥地上铺着的一块草席上小憩。"我们下去了，新的守岛民兵也上来了，您还留着吗？"我的头发被猛烈的海风用力吹打在脸颊上。张佃成回答："老王走了，守岛这件事，一任接一任，我等王仕花来替我。"

2018 年 8 月，江苏省政府根据《烈士褒扬条例》第八条第一款第一项规定，评定王继才为烈士。或许，在王继才生前看来，他只是默默坚守着平凡的岗位。然而，在更多人看来，他在平凡岗位上书写了不平凡的人生华章。

王仕花说，等她腿疾好了，就回开山岛。"我想再多带带这些民兵，让他们和老王有同样的使命感，让他们也感受到小岛虽小，但很重要。"

这几天，王仕花梦中的王继才仍在守岛。他像平时一样对妻子说："走，我们去浇水除草……""走，我们去升旗……"而岛上的场景也如往常一般：海风猎猎，海浪滔滔，国旗飘飘。

（摘自《读者》2019 年第 1 期）

一个自由主义者的传统婚姻

李宗陶

胡适一生非常有女人缘，这源于他关心女性的天性。

胡适在北大教书时，课堂内若有风，而临窗有女生，他会走过去关上窗户。1923 年，有个朋友娶了一个妓女，一同投宿胡家，胡适特意写信给江冬秀，请她千万善待此女："他（她）也是一个女同胞，也是一个人。他（她）不幸堕落做妓女，我们应该可怜他（她），决不可因此就看不起他（她）。"1955 年 11 月，张爱玲到纽约，与胡适见面两次后恰逢感恩节，胡适打电话约张爱玲跟朋友们一起吃中国馆子，怕她"一个人寂寞"。

细心、体贴、绅士风度，但凡跟胡适打过交道的女性，多对他留下极好的印象。而那些爱过他的女子，也一生心怀温暖。

按照江勇振的说法，胡适的生命中主要有 3 个"月亮"围绕：江冬秀、韦莲司和曹诚英，其余若干星星在不同时期划过天际……平心而论，相比同时代其他有头有脸的人物，胡适的私生活算是检点的。

梳理一个自由主义者的八卦，或者索性直接打量他的婚姻，都可以窥见主人公的品格。

名分造就的爱

1955年，张爱玲在纽约初见胡适和江冬秀。"他太太带点安徽口音……端丽的圆脸上看得出当年的模样，两手交握着站在当地，态度有点生涩，我想她也许有些地方永远是适之先生的学生，使我立刻想起读到的关于他们是旧式婚姻罕有的幸福的例子。"

这桩姻缘是在1902年胡适刚满12岁时定下的。经过媒妁之言、算命、合八字等必经程序，由寡母冯顺弟做主，胡适与40里外江村的长其一岁、属虎、缠足的江冬秀订了婚。未来的岳母也在这一年初春来"相"了女婿，满意而归。

1908年7月，已在上海"作新民"的胡适写信给母亲，拒绝回家完婚，语气悲愤，信中有言"男手颤欲哭，不能再书矣……"，末尾再署"儿子嗣穈（胡适乳名）饮泣书"。

台北胡适纪念馆存有一张1910年初江冬秀的小照：银盘脸、浓眉、宽鼻、阔唇，眼睛里有一种低回的哀怨。1913年跟婆家人的全家福上，双手攥着条帕子的江冬秀看起来稚嫩生涩，眼睛里同样欲说还休。两年后，韦莲司瞧见胡适口中的这位"表妹"，说她"面带戚容"。

胡适的婚姻观早早定型，大体上保持了对中国传统婚制的认同。他认定父母之命是合理的，因为父母拥有人生经验和爱子女的心，免除了西方未婚女子同男性的周旋、讨好和猎取，在某种程度上维护了女子的尊严和贤淑。至于爱情，他认为西方婚姻里的爱是自造的，而中国旧式夫妻间的爱是名分造就的，它产生于婚后，产生在彼此各让五十步、相互妥协磨合的过程中。

他甚至描写其中东方式的美感：一对未婚男女经媒妁相连，彼此又见不着面，难免生出许多遐想，每每听见对方的名字，胸中有如鹿撞，直到新婚之夜揭了盖头……

从订婚到结婚的 15 年间，胡适与江冬秀从未见过面，但有通信。顺从、抗拒、遐想、疑虑、矛盾、随缘，他在种种复杂的情绪里徘徊，终因"不忍伤几个人的心"，没有推翻这门婚事。他深深懂得旧式婚姻中女性的地位，在 1934 年诗人梁宗岱与发妻离婚事件中，他就始终站在女性一方——他性格中积极的一面开始登场。他要江冬秀放足，要她读书识字并给自己回信，期待"他年闺房之中，有执经问字之地，有伉俪而兼师友之乐"。

但很快，他放弃了对江冬秀的文化要求。随着阅人历事，他认清了一件事："女子能读书识字，固是好事。即不能，亦未必即是大缺陷。书中之学问，纸上之学问，不过人品百行之一，吾见有能读书作文而不能为良妻贤母者多矣。吾安敢妄为责备求全之念乎？"

对于江冬秀拙朴的家书，他持鼓励态度。有一次，胡适在回信中道："你这封信写得很好，我念了几段给钱端升、张子缨两位听，他们都说：'胡太太真能干，又有见识。'你信上说：'请你不要管我，我自己有主张。你大远的路，也管不来的。'他们听了都说：'这是很漂亮的白话信。'"

胡适性格中的积极和他的温存，让这些家书诞生并有了意义。

江冬秀不一般

中国社科院文学研究所研究员胡明的出生地离胡适家只有 15 米，是同族本家。他说，江冬秀不一般，她虽是一个旧式女子，但既不死板也不保守。

在北大那些年，各路爱慕者写给胡适的信足有两大箱，搬家时胡适要扔，江冬秀都保留下来。有一天，江冬秀整理信件时发现了北大女诗人徐芳写给胡适的"情书"。江冬秀写信给胡适："我算算有一个半月没有写信给你了。我有一件很不高兴的事。我这两个月来，拿不起笔来，不过你是知道我的脾气，放不下话的。我这次理信件，里面有几封信，上面写的人名是美的先生（Mr.Charming），此人是哪位妖怪？"胡适回信说："谢谢你劝我的话。我可以对你说，那位徐小姐，我两年多只写过一封规劝她的信。你可以放心，我自问不做十分对不住你的事。"

热恋着曹诚英时，胡适动过离婚的念头，但被江冬秀携子赴死的警告给吓醒了。江冬秀最戒备的情敌可能就是曹诚英，但她懂节制。胡适住院，有一天江冬秀推门进去，看见曹诚英躺在胡适身旁，她也只是"拉下脸来没理你们"。胡适要为徐志摩和陆小曼主婚，她因猜忌陆小曼闹过，但最终为要面子的丈夫留了面子。她知道韦莲司的存在，但她能够容忍丈夫保有这位遥远的"精神上的伴侣"。

胡适在美国当大使期间，有一天穿上江冬秀寄来的衣服，发现口袋里装着7副象牙耳挖，他回信说："只有冬秀才会想到这些。"

在纽约，江冬秀面对贼人大喝一声"GO"的段子是唐德刚讲开的。何炳棣则讲了另一段——在一次美好的午餐外加抽完一支烟的轻松情绪里，胡适把领带翻过来给他看一个小秘密：领带下端有一小拉链，内藏一张5元美钞。胡适说，这是太太非常仔细的地方，即使真被人抢了，还有这5元钱可以搭一辆计程车平安回东城公寓。

不断有人发掘出江冬秀抓大放小、粗中有细、仗义疏财、大气豪迈的种种事迹，特别是她对官场的厌恶和对丈夫"千万不要做官"的劝诫，都被归为"自有识见"。1938年11月24日，胡适致江冬秀的家信中说："现在我出来做事，心里常常感觉惭愧，对不住你。你总劝我不要走到政治路上去，这是你帮助我。若是不明大体的女人，一定巴望男人做大官。你跟我二十年，从来不作这样想，所以我们能一同过苦日子。所以我给新六（族人）的信上说，我颇愧对老妻，这是真心的话。"

我总常念她，这是为什么

一些知识分子前辈因为敬爱胡适，可惜他一朵鲜花插在一坨小脚牛粪上，总爱捕捉江冬秀村妇的一面。江勇振却认为这是一个了不起的女人，没有念过多少书，却有办法让丈夫知道她的心，他们两个之间一定有着特殊的感情。

胡适曾作诗《病中得冬秀书》：

病中得她书，不满八行纸。全无要紧话，颇使我欢喜。

我不认得她，她不认得我。我总常念她，这是为什么？

名分何以生情？良心而已，担责而已。

1921 年 8 月 30 日，胡适与高梦旦交流对自己婚姻的看法："他说许多旧人都恭维我不背旧婚约，是一件最可佩服的事！他说，他的敬重我，这也是一个条件。我问他，这一件事有什么难能可贵之处？他说这是一件大牺牲。我说，我生平做的事，没有一件比这件事更讨便宜的了，有什么大牺牲？……当初我并不曾准备什么牺牲，我不过心里不忍伤几个人的心罢了。假如我那时忍心毁约，使这几个人终身痛苦，我良心上的责备，必然比什么痛苦都难受。其实我的家庭并没有什么大过不去的地方。这已是占便宜的，最占便宜的，是社会上对于此事的过分赞许……我是不怕人骂的，我也不曾求人赞许，我不过行吾心之所安罢了……若此事可算牺牲，谁不肯牺牲呢？"

在公开场合，胡适很乐意扮演惧内的角色，也爱讲世界各国怕老婆的笑话，这其实是一种"善待妇人"的姿态，更是一种文化上的期待。知子莫如父，长子胡祖望曾对何炳棣说："炳棣兄，请问哪一个扬扬得意地向全世界宣扬传统中国文化是一个怕老婆文化的人，会是真正怕老婆的呢？那真怕老婆的人，极力隐藏还来不及，怎敢公开宣扬呢？"

江冬秀一生爱好者，麻将也。在这方面，胡适也能适应并交流。台湾"中研院"现存的十几封家信中，有一封就是已经做了爷爷的胡适跟老妻讲麻将的。

唐德刚曾说，这位福相的、爱打麻将的太太是中国传统旧式婚姻中最后一位"福人"。这份福，有胡适的一半功劳。晚年胡适曾对秘书胡颂平说："久而敬之这句话，也可以作夫妇相处的格言。所谓敬，就是尊重。尊重对方的人格，才有永久的幸福。"

（摘自《读者》2012 年第 11 期）

海峡两岸的"世说新语"

李寒芳

第一次到台湾采访时，记者曾经在饭桌上遇见了一件趣事：同行的台湾《联合报》记者点了一道盐卤土豆作为凉菜。当时我的心里还在打鼓，怎么会有这么奇怪的菜，土豆也能盐卤？结果菜端上桌一看，不过是大陆最常见的盐卤花生。问过同桌的台湾人才知道，闽南话中的"土豆"指的就是大陆的"花生"。接着追问："那你们管大陆许多地方说的'土豆'叫什么？"答曰："马铃薯。"

莎士比亚说："名字有什么关系？把玫瑰花叫作别的名字，它还是照样芳香。"可事实证明，在两岸有些词语的表述上，这句话就不那么适用了。

"误会"并非全都美丽

"窝心"这个词在大陆是指"因受到委屈或侮辱后不能表白或发泄而心

中苦闷"，带有贬义；而到了台湾，"窝心"摇身一变，成了褒义词，指的是"舒心""称心"。

2005 年，亲民党主席宋楚瑜访问大陆，谈及夫人对自己的支持，用了"很窝心"一词，在场的不少人都面面相觑。直到在台湾驻点采访过的《环球》杂志记者义务当起"翻译"，大家才搞懂此"窝心"非彼"窝心"。

我们到台湾打出租车时，常有热情的司机听我们是大陆口音，就和我们搭话，问住在哪里。有时候我们就简单回答"住酒店"。后来有一次，一个司机忍不住说："看起来你们也是正经人士，怎么会去住酒店啊？"弄得我们云里雾里。一来二去才搞懂，原来台湾的"酒店"指的是"夜店、夜总会"，不像大陆是作为"饭店、宾馆"的代称。

猜来猜去的乐趣

相比于"窝心""酒店"等词在两岸表达不同的意思，同一事物用不同称谓就更常见了。有些还可以猜出来，比如，大陆叫"幼儿园"，台湾叫"幼稚园"；大陆叫"软件"，台湾叫"软体"；大陆叫"鼠标"，台湾叫"滑鼠"……

有些词在看台湾影视作品时常常会碰到，一来二去也就熟悉了。讲到这里，不妨编一个小剧本概括一下（括号内标注的为大陆说法）：某男生骑着机车（摩托车）去台北木栅捷运（地铁）站口接女朋友，打算去看大陆来的猫熊（大熊猫）"团团""圆圆"。骑着骑着，不小心摔倒了，车子也坏了。于是，他拿出行动电话（手机）传简讯（发短信）告诉女朋友要晚点到，走进修车铺旁的 7-11 便利店（小超市）买了一个 OK 绷（创可贴），又选购了速食面（方便面）和凤梨（菠萝）味的优酪乳（酸奶）打算当夜宵，还顺便买了一张《骇客任务（黑客帝国）》的光碟（光盘）。这时，他又被店里电视上直播的撞球（台球）比赛吸引住了，不知不觉看入迷了。直到听到广播报时"中原标准时间（北京时间）×点×分"，才发现已经拖延太久。于是他赶紧打了一辆计程车（出租车）到捷运站口。女朋友已经等了很久，一见面就吐槽（抱怨，语言攻击）。男生听得不耐烦，还击说："你很机车（难伺候）哦。"正在差点不欢而散时，突降豪雨（暴雨），两个人赶紧跑进站内躲雨，一起分享女孩做的爱心便当（盒饭），气氛才渐渐融洽起来。

而真正有很大不同，并且可能影响交流的，是科技名词。大陆常用的科技名词，如激光、磁盘、空间科学、航天飞机、等离子体、半导体、毫米、硅谷、知识产权等，在台湾相应称为镭射、磁碟、太空科学、太空梭、电浆、电晶体、公厘、矽谷和智慧财产权。仅在计算机学科名词中，两岸不一致的就约为80%。

不过，现在随着大陆游客赴台旅游人数的日益增多，不少服务业者都做好了相应准备，相信"鸡同鸭讲"的情况会越来越少。此外，《两岸常用词典》新近编纂完成，共收字7000多个，收词35000多条，全书约250万字，有些两岸衔接不上的词都可以从中找到踪迹。

都说网络无远近，但两岸网民的用语也各有异趣。在论坛发表文章，在大陆称为"发帖"，在台湾叫作"Po（post）文"；若要推荐文章或是帮文章冲高人气，在大陆称为"顶帖"，在台湾则是"推文"；第一个顶帖的在大陆叫作"坐沙发"，台湾则以庙宇文化的"抢头香"称之。不过随着两岸民众交往愈趋日常化，这些语词已经相互渗透。

近几年，两岸的语言也开始奉行"拿来主义"。台湾报纸上能看到大陆自创的"雷人""山寨""二"等幽默词语，大陆也渐渐用起"A钱（贪污）""作秀""便当""很Q（有弹性）"等台式用语。记者的微博上有不少台湾同行好友，他们时常会在网上对大陆流行的"梨花体""凡客体""咆哮体"填词调侃，有时还会呼朋引伴，"去喝杯小二（二锅头）"。

由是，谁还能说两岸语言距离远呢？

（摘自《读者》2012年第11期）

中国人无法向脾胃妥协

朱天衣

　　人对食物的好恶有时是说不准的，同一种食材或同一道料理，有人视作珍馐，有人却弃如敝屣。这也许可归为先天味觉的差异，但我以为，影响最甚的是孩提时的记忆。儿时美好的饮食经历，常会让人终生恋恋难舍，令人回味起那萦绕在唇齿间的美好滋味。

　　小时候，在猪被大量经济化饲养前，所有内脏都是被视为珍品的。那时节还未被抗生素污染的猪肝，甚至是被当作补品看待的。记得那时每当父亲熬夜通宵写稿时，第二天早晨，母亲便会为他煮一碗佐以姜丝、小白菜的猪肝汤补元气。那汤头是如此诱人，常让我忍不住在一旁流口水。这时，母亲总会分一小碗汤给我，碗里虽只有青绿的小白菜，但那份香气已够我解馋了。这份记忆让我长大后，对猪肝、小白菜完全无法抗拒，不管是热炒还是煮汤，小白菜永远是青蔬中的首选；至于猪肝，或卤或煮也是诱人异常，即便它是堪虑的食材，仍令我难以不动箸，这全拜儿时记忆所赐。

笋类也是令人难以抗拒的珍品。过年时，客籍母亲总会以高汤熬煮笋干。经曝晒腌渍过的笋有一种特别的鲜美，那天然的酸涩经浓郁的高汤润泽后，是年节期间大啖鱼肉后解腻的良方，且它经煮耐熬，甚至愈煮愈润口，是我们家必备的年菜。至于端午后出土的绿竹笋，同样以高汤炖煮，起锅前撒上一撮九层塔，那爽脆清香也让人停不下筷子。我们姊妹仨同是笋的拥护者，所以母亲总以直径 40 厘米的大锅伺候，我们一餐就能解决好多鲜笋。这也使得我至今面对各式笋料理，都只有举双手投降的份儿。

自小也常听父亲说起属于他的乡愁滋味，醋熘鸡子儿加些姜末可解想吃螃蟹的瘾（顶好让蛋白蛋黄分明些，再保持些稀嫩，就完全是大闸蟹的风味了），腌渍后的胡萝卜炒鸡丝则别有一番风味，香椿拌豆腐也是家常美味，还好这些菜肴在台湾都置办得出来。

最让父亲念兹在兹的是荠菜，从小就听父亲形容它的好滋味，直至回到老家才终于明白它令人魂牵梦萦的理由。以鸡子儿香煎最能显出它的鲜美，那是一种难以形容、会让人上瘾的滋味。回到台湾上穷碧落下黄泉地寻觅，才终于搞懂，此仙株产期忒短，晚冬初春时节才看得到它的芳踪。我曾试着在自家院子里撒种，培育了几年总不成气候，收集半天只够炒一盘鸡蛋。后来把眼光向外放，才发现它成群结队地出现在贫瘠的马路边、公园的杂草丛里，至此开车分心得很，但也因此找着了许多荠菜群聚地，竟然多得可以包一顿饺子，只是遗憾已无法和父亲分享这份美味。

童年每值端午，母亲包的是标准客家粽——蒸熟的糯米拌以炒香的虾米，以及切成丁的香菇、猪肉、豆干、萝卜干，再包进粽叶中蒸透。相对于别人家大块肉还加了咸蛋黄的粽子，这客家粽还真有些寒酸。而父亲包的粽子更是简单，除了圆糯米什么都没有，煮到透烂蘸面糖吃。唯一引起我兴趣的就是它那造型，呈长圆锥形，被父亲命名为"胜利女神飞弹"。但等到长大后，大鱼大肉吃腻了，我才发现客家粽的 Q 弹（闽南语，柔软而有弹性）喷香是其他门派的粽子无可比拟的。至于父亲的白粽子，更是愈年长愈能品出它的清香隽永，单纯的糯米香、粽叶香，佐以绵密的糖粉，是足以让人翘首巴望一整年的。

这次去芬兰出差，一下飞机便听闻早到一个星期的几位《联合报》记者，已在四处寻找中国餐馆。此事被我狠狠嘲笑了一番——中国人总是如此，好不容易出门在外，不好好享受异国餐点，却只想回到自家厨房取暖。不想，才吃了两天的培根、火腿、面包、沙拉，我的脾胃就犯起了思乡病。还好有先见之明，带了几包泡面，晚上回到旅馆，一碗热腾腾的汤面下肚，真是南面王不换。

待到第六天，终于自打嘴巴地跟着那些先来的记者先生小姐，在赫尔辛基觅得一中餐馆。打开菜单，每小盘热炒平均合六百台币，贵得吓死人，这样的价钱在台湾的"九九"快炒，可点六盘菜还有零钱找，但一行六人包括我在内谁也没抱怨，全员埋头大吃，盘盘见底，约莫把人家的饭锅都给清空了。

为此，我老有股冲动，想到芬兰开家面馆，在那半年落雪的国度，一碗热气腾腾的牛肉面下肚会是多么熨妥脾胃呀！开家火锅店也一定生意兴隆，若外国人吃不惯麻辣锅，用酸白菜、青蔬西红柿打底也可以，甚至在路边摆个"关东煮"的摊子都好……天马行空做了老半天的白日梦，才发现全是白搭，因为西洋人不会用筷子，以刀叉吃这些汤汤水水的料理肯定是很折磨人的。

面对西洋人的冷锅冷灶，中国人无法委屈自己的脾胃，便得想出许多办法。出国留学也好，移民也罢，行囊中绝不能少的就是电饭煲，除了可以烹制白米饭，还可以蒸煮一些简单的中式料理，书市上就有人贩售电饭煲食谱。也因着中国同胞的坚持，异国的唐人街便应运而生，因此各式食材也多半能买得到，如此的不和光同尘，真不知是好是坏。

自小养成的胃口就像烙印，想祛除都难，这大概在中国同胞的身上尤其明显。

（摘自《读者》2014 年第 18 期）

妻的导盲犬

刘 墉

　　她本来就高度近视，二十几岁时一只眼睛视网膜剥离，手术之后看东西都是扭曲的。四十几岁时另一只眼睛做完激光矫正，又有了夜盲的问题。除了晚上看不清，白天从亮处走进暗处，也要很久才能适应。譬如有一回在莫斯科，从艳阳高照的红场走进地下通道，他没扶好她，她一个踉跄，差点滚下十多级的台阶。还有一回游苏州园林，穿过一个小小的山洞，他虽然在前面引路，她却"哎呀"一声，头上撞出个大包。

　　所以他总是保持警觉，亦步亦趋地跟在她旁边，即使大白天，只要碰上一级级花纹类似的台阶，他都会小心拉着妻，一边走，一边口里低声念着："一、二、三、四，到了，是平地了！"有时候在庭园里游玩，虽然妻说"我看得清，路窄，我自己走"，他还是会往前快步走一段，检查路面有没有高低落差，再站在不远处等待。

　　不明就里的朋友，都羡慕他们形影不离、鹣鲽情深。当然也有些褊狭的，会揶揄他秀恩爱——犯得着这么热乎吗？最体贴的还是女人，看见他随侍左右，好像失去了自由，很多女性朋友或学生，会对他说："您去游吧！尊夫人我来照顾，我扶着，没问题！"

但他还是不放心，因为他知道那种"扶"，不能是"虚扶"，而要"实扶"。也可以说不能像一般人那样礼貌地牵着，而是必须十分警惕，表面看似虚虚地挽着，其实暗中蓄劲，以备应付随时可能发生的闪失。

那确实需要真功夫，因为当她突然踩空，或者以为踩空而做出反射动作时，瞬间反弹的力量是极大的。他扶着的那只手必须像个固定的栏杆把手，立即撑住她。如果没有劲，非但扶不住，还可能两个人一起摔倒。

虽然他从中年就练出"扶"的本领，进入老年还是有些不能胜任。有一回他们去土耳其的帕多奇亚，除了坐热气球、住窑洞，还参观了许多地底的坑道。那是早期基督徒挖的秘密地道。窄窄的通路，一层又一层，他除了在旁边扶持，注意地上的每个坑洞，还得在上面拉、在下面托。好几次，她突然失足，他虽然及时扶起，却伤了自己的腰。回家之后，痛得更厉害了。起初晚上散步他还照样坚持走在她的左侧，后来发现稍稍用力扶她，腰就痛，甚至疼得整夜难眠。他没说，只是改为走在她的右边。而且当黑暗巷道比较长的时候，他会试着问她："你看得到马路的边缘吗？"他发现待在黑暗中的时间长了，她就能适应。这时候他会改为牵着她的手，或者走在她的后面，隔几步，推她一下，好像两个小孩玩耍。有一回去邻居家做客，管家说："常看见你先生不是拖着你，就是推着你，真有意思！"她则笑："是我牵着他，他是我的导盲犬！"

他也用另一种方法防止她受伤，就是只要有电梯，一定不走楼梯。即使去一家熟识的二楼餐馆，他也坚持等电梯，因为那家楼梯铺了黑色的地毯。

尽管小心，他还是有疏忽的时候。有一回去朋友家，夜里出来，门灯很亮，他跟朋友聊天，走在前面，迟迟不见她，回头，发现她正呆呆地站在阴影里，他赶紧跑回去牵她，听见她小声说："你不带我，我怎么走？"

这几十年养成的习惯，使得她不在身边的时候，他反而有些不适应了。每次一个人在外面上下楼梯，走到台阶边缘，他都会立刻停下脚步，好几回害得跟在后面的朋友差点撞上："你走就走好了，干吗一下子刹车？见鬼啦？"

"做鬼我也会扶你！"有一天他对她说，"问题是，如果我走了，没人扶你，你摔跤怎么办？晚上就少出去吧！再不然你可以找个人陪侍左右，只是得早早叮嘱他，要实扶，不能虚扶，不能装个样子！"

他终于扶不动了，严重的椎间盘滑脱造成脊髓腔狭窄，使他经常走着走着就突然寸步难行。于是总被他扶的她，不得不反过来扶他。

这一夜他又腰痛得厉害，翻过来覆过去睡不着，她也被弄醒了："怎么还没睡？"

"想事情！"

"想什么？"

"想如果我走在你前面，我会等在奈何桥边，等你来，我扶你、你扶我，用我的眼睛、你的腰腿，一起走下面黑漆漆的黄泉路。"

（摘自《读者》2017 年第 22 期）

明月前身

韦 羲

还没临完《芥子园画谱》，小学就过去了。

我儿时的玩伴，多是图画里的人物：三头六臂的哪吒，七十二变的美猴王，手挥双锤的小将军岳云。儿童的世界真假不分，一半是现实，一半是幻象——仿佛一觉醒来便已脱胎换骨，变为莲花身；花果山水帘洞就在不远的山里；在正午，转过哪个山脚，沿路走下去，就到了宋朝。

一天天长大，与连环画里的古代世界日渐产生隔膜，唯溪边野花、田间草虫、屋后篱笆外的青山、山上的白云、雨中的树才是今天的。长大，有什么不一样呢？只记得看着草虫的世界，会感到可喜的寂寞：夏天午后，蜻蜓飞过凉荫，岁月寂静如梦；七星瓢虫的翅膀在空中震动的声音，欲追随而无从追随；正午石头下小恐龙样子的蛤蚧，夏夜黄灯微明照着的壁虎，都像爬在一亿年前；菜地里，小黄蝶小白蝶飞来飞去，春光更明媚。唯见了山里蝴蝶，无端心生惆怅，似乎阳光也很老很老了，我在世上已过了一千代、一万代，其实只是自己的童年和少年。

那时，我们白天在野地里漫游，夜晚在月光和路灯下喧闹。夏天河里最好玩，在多雾的春天和明朗的秋天，我们结队入山，山林是最天然的游乐园，打发孩子们欣然陶然的光阴。玩耍的间歇，喧闹声渐渐平息，群山的寂静占有了我们，以及我们的沉默。然而小孩自身尚未有思，这般广大的沉默毋宁是天地之间的沉默。宋代山水画里便收藏着天地间广大的沉默，我曾在范宽的《溪山行旅图》和《雪景寒林图》中遇到这伟大的沉默，当下默然震撼，没有了自己。天地间存在着运动与宁静两种力量，伟大的山水画家沟通这两种力量，使静者动而不改其静，使动者静而不失其动。小学五年级那年，《溪山行旅图》把我劈为两半，一半在遇到它之前，另一半在遇到它之后。从此，我看见了山水，看见了山水画。在我心中，范宽笔下的山水可以和宇宙相媲美。

山令人幽，水令人远。古人叠石成山，筑地为池，把山水移入庭院，朝夕晤对，念的正是这份幽远。旧居天井的白墙上，积年的雨迹恍如光阴的年轮，青苔无限幽深，仿佛收藏所有逝去的光阴。苔痕雨迹的寂静，可以栖身寄托似的，总让我生出归依之感。后来，我常想，山水画最要紧的就是画出这一点幽意与远意。江山如画，江山其实不如墙上的苔痕雨迹像山水画，苔痕雨迹的幽深缥缈是山水的幽深缥缈，令人沉湎而意远。造化之手以苔痕雨迹在墙上画出幻象般的山水构图，幻变，宛若云动；神秘，犹如心象；无限，犹如全息，使我早早地感到山水画的超现实——忽然已是少年，少年如青草，茫然生长，不知为何总要叛逆，也不知道为什么冷落了毛笔和宣纸。中学念到一半，父亲去世，随后《芥子园画谱》几经辗转，竟下落不明。后来北上求学，却是学油画。毕业那年冬天，老罗离京回广西，留下一册旧版《芥子园画谱》。翻看几页，想起父亲，以至后来想到父亲，便浮现《芥子园画谱》，久而久之，《芥子园画谱》成了父亲的背影。

至今最怀念的，还是小时候临摹山水画的光阴。午后的阳光穿过天井，折进窗子，风吹动屋后高高的尤加利树上的叶子，远得像秋天的雨声。我一笔一笔临摹，前厅，父亲在案上剪裁，母亲踩动缝纫机，声音断续复断续，和着屋后如雨的风吹树叶声，日子好长。在一笔一笔临摹之间，唯觉自己坐在时间的外面。回到时间里，常常听到"艺术"这个词，而这个词又被弄得专指西方的绘画，再后来又听到"绘画终结"的说法，更令人怅然神伤。那时候，我们在时间的外面，"中国画死了"，那纷争和我们不相干，和山水花鸟也不相干。外面的人画够了，我们还没有。绘画死了？果真如此，以后一代代生来爱画画的孩子简直活受罪。

绘画早就"死"过好几回了。苏东坡就说过："诗至于杜子美，文至于韩退之，书至于颜鲁公，画至于吴道子，而古今之变，天下之能事毕矣。"不单绘画，文学、诗歌、书法全都死过。但宋人还在画，还在写。在苏东坡身后四五百年的晚明，董其昌重提绘画终结命题，只是时间从唐转到宋："画至二米，古今之变，天下之能事毕矣。"但董其昌也仍在画，还开创出新的画境。这两次"古今之变，天下之能事毕矣"，都是摄影和装置艺术出现以前的事了，如今是影像的时代，绘画遭遇三千年未有的大变革，又死了几回，只怕还要不断死下去。

贡布里希说："只有艺术家，没有艺术。"所谓"绘画死了"，分明只有艺术，没有艺术家。事实是，绘画一再地死了，人们继续画画。在北宋，唐朝绘画死了；在晚明，宋元绘画过时了。但愿死的是绘画史，而非绘画。也许绘画真的过时了，但爱好不过时，画画时的那种忘我最迷人，"不为无益之事，何以遣有涯之生"。

自从投靠西画，晋唐书法、宋元山水都成了旧梦。不料前年搬家，翻出不记得哪来的文房四宝，打开一得阁，闻到墨香，即刻提起毛笔，写写字。写字最是无用，然而"此间乐"，乐在读书画画之上。在我，又是以临帖的快乐最纯粹，因为无我。书法真难，若要纸笔依人，总难免做作，一味顺着纸笔，字会自然，可是无味，"心手相应"谈何容易！古人的句式"妙在某与某之间"——艺术，原来是妙在自然与不自然之间。静夜无事，随手写写，不当它是艺术，只求跟随线条走下去，走到廓落悠远的去处，不知何者是线条，何者是自己。忘记自己，忘记时间，就是与自己独处，与时间相处，好比小时候在南国故居的灯下。

灯下看《诗词例话》，临《灵飞经》，是在画山水花鸟之外，我历然分明的记忆。说来也奇怪，那一年收起毛笔和《芥子园画谱》，不再写《灵飞经》，竟也找不到周振甫的《诗词例话》了。虽然从此转向西洋画，敬佩"文艺复兴三杰"的素描，恋恋于印象派的色彩，却还常在夜里看山水花鸟的画册。夜真是静，静到天地间好像只亮着一盏灯，灯下有人在看寂寞的古画，遇到八大山人，便自以为前身是朱耷，见了董其昌、钱选、牧溪、展子虔、顾恺之，又疑是前世，其实不过是我于看画之际的出神。万籁俱寂，想起自己上辈子是松石，是山月，是流水。

静夜独对一朵墨花、一座青山，恍惚自己便是一墨花、一远山，泊在无古无今的空白中，泊在杳然无极的时间里。

临过山水画，便想画真山。晴好的周末，我和阿盛、蓝然结伴写生，走入群山深处，像是到了大荒山无稽崖，唯有太古的静。山中的寂静是风和草木的寂静、石头的寂静、世界自身的寂静，没有时间，没有历史，也没有人类——我们忘了自己。

说是写生，其实是在真山真水之间寻找山水画，找"画意"，找"皴"——雨点皴、披麻皴、卷云皴、斧劈皴、折带皴、牛毛皴……"皴"用以描绘地貌纹理，也是一种符号，如同文字。符号是最简洁的图像，而山水画的高度符号化与程式化，说明中国人曾经最懂风格。山水画家以"皴"把握世界、编织风格，织成绘画的表面。美，在于表面。

艾略特说："文学史每出现一位新人，前人的位置都要动一动。"我每新遇一位古代山水画大师，眼前的真山真水也随之一变，山水画"敞开"了"遮蔽"在山水中的"山水"，借此我得以目睹山水的"真身"：初见范宽，故乡的山骤然集结了亿万雨点；遇到董源，故乡漫山遍野都是披麻皴；翻阅郭熙和王蒙，云的形象潜入群山；心仪董其昌，身外的山山水水都空灵起来。山水画改变山水，未见山水画之前的山水和见过山水画之后的山水，是两个世界。悬崖断壁如此李唐，雨后云山多么米芾，看过敦煌壁画，眼前的山水无不具有装饰性；观摩南宋"院体"，转身眺望真山水，格外感到空间的深远；流连于元代文人画，四周的山山水水竟呈现出一种苍润之美。山水因倪瓒而清空，因龚贤而厚重，因王原祁而苍老，因朱耷、担当而残损，因石涛之笔，天地间浸染了一股清新生气。

无师自学的少年时代，故乡的山水让我追忆古人。自城南去往省城的路上，长河无声，沿途村落悉如旧时曾住，每回途经，一路出神，丘壑延绵而深远。岭下有一代代人的光阴，要是董源将这些画下来，该多好啊。野山郁郁葱葱，聚拢无可名状的造型，简直如黄宾虹笔下的山水。

古代的山水画其实有光影，尤其是南宋画。秋来白日南移，在大地上投下斜光斜影，古老的群山焕然一新，次第缥缈远去，夏圭的《溪山清远图》便沐浴在那光的瀑布里。清如水、淡如雾的南方晚秋，光照在岩石上，却是倪云林疏散的笔墨最传神，萧萧数笔，便画出秋光的岑寂。原来古人的画最写实。

良宵月夜，下了晚自修，我们骑单车到木棉道班的桥上兜风，在水声中远眺，月下千山隐隐有仙气，俨然来到董其昌的画境。在打发少年无聊的光阴里，山水画给了我看山水的目光，故乡的山水拥有了美学。各地的山水各具形貌，那是自在自为的荒野，因为历代大师的描绘，荒野被人文照亮，无为的山水有了"风格"，也有了古今。对于看过古画的目光，山水是绘画史中的山水。

古今中外的美术，山水花鸟画最无为，至今犹在"终结"的艺术史之外，超然独在。山是千年前的山，花也是千年前的花，塞尚晚年一再远眺圣维克多山，莫兰迪年复一年画他的瓶瓶罐罐，想必能懂得中国人为什么千年如一日地画山山水水和花花草草。若问山水画的社会意义，不如问大自然存在的社会性，问问花开、雨下、光照、天空的意义。庄周梦蝶，梦醒后有大茫然。大茫然是认识自己的开始，也是哲学思考的开始。由此而言，中国文化一半诞生于庄子做的梦。"仁者乐山，智者乐水"，中国人的哲思一开始就指向花鸟山水，从中认识自己，忘记自己。

山水之于中国人，好比明月前身；中国人之于山水，亦如流水今日。

（摘自《读者》2018 年第 15 期）

日本街头拉行李箱的中国人

莲 悦

　　朋友从日本旅游归来，奉上伴手礼——一盒唐招提寺的天平香。我欣喜之余随口问了句："去唐招提寺是为了瞻仰鉴真？"朋友随口回了句："鉴真是谁？"

　　鉴真是谁？鉴真是生活在一千多年前唐朝开元天宝年间的高僧。鉴真五十五岁那年，接受了日本留学僧的邀请东渡扶桑弘法。在随后的十一年中，他六渡东海，历经生死劫难，最终抵达日本时，双目因为盐性海风的侵袭而失明。唐招提寺便是鉴真抵达日本后亲自主持修建的，寺院内至今仍供奉着鉴真的坐像。

　　旅游是非常私人化的活动，有人喜欢历史古迹，也有人喜欢自然风光，更有人将旅游简化为单纯的一个字——买。不过，对于今天的中国人来说，也许去任何地方以任何方式旅游，都不像去日本那样，会遭受各种口诛笔伐。连马桶盖这样难登大雅之堂的东西，也会在长假之后，成为人们唇齿间最生动的谈资。该不该去日本和去日本我们究竟应该游什么，居然成了一个令许多国人纠结的问题。

个人以为，国人前往日本疯狂采购各种器物乃人之常情。物美、价廉，这属于主妇经济学的范畴，完全不必上升到政治学的高度。当然，在日本除了购买精美的器物、观赏秀丽的自然风光、感受城市文明程度，其实对于中国人来说，还有更多有价值的东西值得一看。

比如鉴真主持修建的唐招提寺。

唐招提寺的金堂从一千多年前的中国盛唐一路走来，有着古朴的单檐歇山顶，屋顶的两端，曾经安装着巨大的从唐朝专门运送到日本的唐式鸱尾。

鸱尾是中国古代建筑屋脊上的神兽造型。在西安的大明宫遗址博物馆中就陈列着几只新近发掘出来的唐代鸱尾。它们形制巨大，但线条流丽，在屋脊之巅，为庄重含蓄的单檐歇山殿堂平添了几分灵动。只可惜，唐招提寺金堂上的鸱尾因为是瓦制，早已破损，今天我们能看到的是多次修缮替换过的。

圣武天皇天平年间日本佛法兴隆，但佛教界没有一位具备三师七证可以授戒的高僧，又因大批流民混入佛教界，使得佛俗混乱，纲纪大坠。于是，日本佛教界求助于大唐高僧鉴真，希望他能东渡弘法传戒。一千多年前的唐代，东渡日本难如登天，百无一至，很多僧人都望而却步，只有鉴真毫不犹豫地接受了日本留学僧的邀请。

鉴真传戒时，日本的天皇、皇后、皇太子次第登坛受菩萨戒，这是日本佛教史上正规传戒的开始。日本天皇将新田部亲王旧宅送给鉴真作为建筑伽蓝之用。鉴真即指导弟子们开工建筑，两年后落成，即唐招提寺。在当时的日本，奈良的东大寺堪称"公立大学"，唐招提寺便是"私立大学"，更因为鉴真的缘故，唐招提寺的权威远高过东大寺。

日本著名作家井上靖为鉴真东渡扶桑弘法写过一部小说，名为《天平之甍》。"天平"，即指日本圣武天皇天平年间；而"甍"意为屋脊之巅，是古代建筑物的最高处。"天平之甍"是日本文化界对鉴真的最高评价，认为他带到日本的佛教文化代表了天平时期日本文化的最高境界。

中国与日本一衣带水，盛唐之时，日本的政治、经济、文化全面学习中国。经过了一千多年的历史变迁，在无数的天灾人祸兵燹之后，能遗留到今天的唐代木构殿堂，在中国仅余四处，皆在山西境内，其中有著名的五台山南禅寺正殿和佛光寺正殿。这四座建筑的建造时间都晚于唐招提寺金堂，难怪著名建筑学家梁思成先生曾感慨："对于中国唐代建筑的研究来说，没有比唐招提寺金堂更好的借鉴了。"

一千多年前，鉴真的弟子们曾苦劝鉴真，希望他能留在大唐。"山川异域，风月同天，寄诸佛子，共结来缘。"在小说《天平之甍》中，鉴真借此四句劝说弟子，决意东去弘法，终于将佛教戒律带到了日本。

今天，无数中国人踯躅在日本大街小巷，拖着沉甸甸的行李箱。无论旅游的目的为何，但愿他们的心中也有一句："山川异域，风月同天。"将一份盛唐的遗风，与我们中国人自己的文化，带一点回来。

（摘自《读者》2016 年第 4 期）

舌尖上的汪曾祺

苏　北

　　著名散文理论家、苏州大学教授范培松曾给我说过一个笑话，此笑话是作家陆文夫在世时说的。陆文夫多次说汪老头很抠。陆文夫说，他们到北京开会，常要汪请客。汪总是说，没有买到活鱼，无法请。后来陆文夫他们摸准了汪曾祺的遁词，就说"不要活鱼"。可汪仍不肯请。看来汪老头不肯请，可能还"另有原因"。不过话说回来，还是俗语说得好，"好日子多重，厨子命穷"，汪肯定也有自己的难处。

　　"买不到活鱼"，现在说来已是雅谑。不过汪曾祺确实是将生活艺术化的少数作家之一。他的小女儿汪朝说过一件事。汪朝说，过去她工厂的同事来，汪给人家开了门，朝里屋喊一声："汪朝，找你的！"之后就再也不露面了。她的同事说："你爸爸架子真大。"汪朝警告老爷子，下次要同人家打招呼。下次她的同事又来了，汪老头不但打了招呼，还在厨房忙活了半天，结果端出一盘蜂蜜小萝卜来。萝卜削了皮，切成滚刀块，上面插了牙签。结果同事一个没吃。汪朝抱怨说："还不如削几个苹果，小萝卜也太不值钱了。"老头还挺奇怪，不服气地说："苹果有什么意思，这个多雅。"——"这个多雅"，这就是汪曾祺对待生活的方式。

美籍华人作家聂华苓到北京访问，汪曾祺在家给她安排了家宴。汪自己在《自得其乐》里说"聂华苓和保罗·安格尔夫妇到北京，在宴请了几次后，不知谁忽发奇想，让我在家里做几个菜招待他们。我做了几道菜，其中一道煮干丝，聂华苓吃得非常惬意，最后连一点汤都端起来喝掉了"。煮干丝是淮扬菜，不是什么稀罕物，但汪是用干贝吊的汤。汪说："煮干丝不厌浓厚，愈是高汤则愈妙。"台湾女作家陈怡真到北京来，指名要汪先生给她做一回饭。汪给她做了几个菜，其中一个是干贝烧小萝卜。那几天正是北京小萝卜长得最足最嫩的时候。汪说，这个菜连自己吃了都很诧异，味道鲜甜如此！他还炒了一盘云南的干巴菌。陈怡真吃了，还剩下一点点，用一个塑料袋包起，带到宾馆去吃。

看看！这个汪老头"并不是很抠"，其实是要有机缘的。

汪老头在自己家吃得妙，吃得雅，在朋友家，他也是如此，可以说是很"随意"，特别是在他自己认为"可爱"的人家。但这种"随意"，让人很舒服。现在说起来，还特有风采，真成了"轶事"。

1987年，汪曾祺应安格尔和聂华苓之邀，到美国爱荷华参加"国际写作计划"活动。他经常到聂华苓家里吃饭。聂华苓家的酒和冰块放在什么地方，他都知道。有时去得早，聂在厨房里忙活，安格尔在书房，汪就自己倒一杯威士忌喝起来。汪后来在《遥寄爱荷华》中说"我一边喝着加了冰的威士忌，一边翻阅一大摞华文报纸，蛮惬意"。有一个著名的桥段，还是发生在朱德熙家里的。有一年，汪去看朱，朱不在，只有朱的儿子在家里捣鼓无线电。汪坐在客厅里等了半天，不见朱回来，忽然见客厅的酒柜里还有一瓶好酒，于是便叫朱的半大儿子上街给他买两串铁麻雀。而汪则坐下来，打开酒，边喝边等。直到将酒喝了半瓶，也不见朱回来，于是丢下半瓶酒和一串铁麻雀，对专心捣鼓无线电的朱的儿子大声说："这半瓶酒和一串麻雀是给你爸的。我走了啊！"抹抹嘴，走了。

这真有"访戴不见，兴尽而回"的意味，颇能见出汪曾祺的真性情。

在美国，汪曾祺依然是不忘吃喝。看来吃喝实乃人生一等大事。他刚到美国不久，去逛超市。"发现商店里什么都有。蔬菜极新鲜，只是葱蒜皆缺辣味。肉类收拾得很干净，不贵。猪肉不香，鸡蛋炒着吃也不香。鸡据说怎么做也不好吃。我不信。我想做一次香酥鸡请留学生们尝尝。"又说："韩国人的铺子里什么作料都有，生抽王、镇江醋、花椒、大料都有。甚至还有四川豆瓣酱和酱豆腐（都是台湾出的）。豆腐比国内的好，白、细、嫩而不碎。豆腐也是外国的好，真是怪事！"

住到五月花公寓的宿舍，也是先检查炊具，不够，又弄来一口小锅和一口较深的平底锅，这样他便"可以对付"了。

在美国，他做了好几次饭请留学生和其他国家的作家吃。他掌勺做了鱼香肉丝、炒荷兰豆、豆腐汤。平时在公寓生活，是他做菜，古华洗碗（他与古华住对门）。

在中秋节写回来的一封信中，他说请了几个作家吃饭，菜无非是茶叶蛋、拌扁豆、豆腐干、土豆片、花生米。他还弄了一瓶泸州大曲、一瓶威士忌，全喝光了。在另一封信中，他说请了台湾作家吃饭，做了卤鸡蛋、拌芹菜、白菜丸子汤、水煮牛肉，"吃得他们赞不绝口。"汪自己得意地说，"曹又方（台湾作家）抱了我一下，聂华苓说'老中青三代女人都喜欢你'"。看看，老头得意的，看来管住了女人的嘴，也就得到了女人的心。

他对美国的菜也是评三说四，他说："美国的猪肉、鸡都便宜，但不香，蔬菜肥而味寡，大白菜煮不烂，鱼较贵。"

看看，简直就是一个跨国的厨子！这时的汪曾祺，也开始从中国吃到美国，吃向世界了。他的影响力，也从内地走向台湾，走向了华语世界的作家中。他的作品，在美国华文报纸上登出，他的书的版权转授到台湾。他在台湾已经很有影响力了。

（摘自《读者》2013 年第 13 期）

河湾没了

冯骥才

河湾是死了，画家更不会再来。画家与作家不同，作家的心灵常常会被一个死者触动，而打动画家的，大多是那些美的、自然的、活生生和运动着的生命……

一

我也不明白自己是怎么回事——比如树，我不喜欢修整过、剪得整整齐齐的，我爱看那一任自然、随意弯转的树干，枝枝蔓蔓、自由伸展的枝条，疏疏密密、郁郁葱葱的叶子。就拿我的脑袋说吧，我向来不愿意去理发店又吹又烫，搞得像个崭新的、紧绷绷的、又黑又亮的皮鞋头。再比如，我去颐和园，每次总是一进园门就斜穿过谐趣园，到那很少人工痕迹的、野木横斜间软软的黄土小径上闲逛。至于那油漆彩绘、镂雕精工的长廊，我只去过一次就觉得足够了。我这种偏好和性情常常受到朋友们的讪笑、挖苦，乃至抨击。我从不反驳，因为我于此中几乎没什么道理可讲，但心中的喜恶却依然分明又执着。

二

有群外宾转天要来游某公园，这公园以林木甚丰而著称。但其时正值晚秋，枝叶多落，积地盈尺。公园有甲和乙两个负责人。甲负责人要全体园工突击打扫落叶，可是这么大的一个公园，如何打扫得干净？

乙负责人原是多年的老园工，颇通园林艺术。他以为"满地黄叶满地金"，正是一番好景色。脚踏落叶，观赏园景，别有情趣。这话一说，大家无不赞成。其实赞成者中间大多是不愿费力清扫落叶的。

翌日，游客群至。脚踩着厚厚的、有弹性的、如同金毯般的一地落叶，有种异样的舒服；而且落叶一经踩踏，在足掌下沙沙有声，别有一种愉快的感觉。宾客来到公园的湖畔，临湖有几张石桌，四边围着一些圆桶形的石凳，上边也薄薄盖了一层落叶。乙负责人上前用衣袖将落叶拂去，吩咐人摆上小菜、啤酒、甜点。宾客或坐或立，一边小吃小饮，一边观看金黄灿烂的秋色。四下的落叶在日晒中犹散着一股清馨，直沁心脾。渐渐地，客人们都默默无声，心驰神往于这般景色中，尽享着大自然所赐予的美。

甲负责人甚喜，暗想，不费丝毫力气，反落得双倍功效，但他并未深究此中的缘故。

我听了这件事，便认定那位园工出身的乙负责人不单是位内行而称职的领导，而且还可以做一名诗人。

三

我家住在河湾街十九号，我家门前有个小小的河湾。

它真美、真静、真迷人。它与平原上随处可见的河湾并无异处，不过一湾清亮亮的水日日缓缓流动，倒映着天、云彩、飞鸟、风筝，以及两岸垂柳的影子……它总是淡淡的、默默的、静静的，只有在初春河上的冰片碎裂时，夏日水涨流急时，或狂风掀起波浪拍打泥岸时，它才发出一些声响。这是它的个性吧！可能由于我喜欢这样一种性格的人，才分外爱恋这河湾。谁知道呢？

它离我家门口不过五六十步。它伴随过我的幼年、少年和青年，直到后来。我曾经和小伙伴们在这爬满青草、开着野花的堤坡上玩耍，在河湾里洗澡，或蹲在河边，眼瞧着一些顶着草笠的渔人，一抖手中的竹竿，把一条半尺多长闪光的银鱼从水下甩到岸上来。

我见过一个画画的来到这儿，他一到这儿就仿佛被磁石吸住了似的，从此天天来。先是在河对岸画，后来又到这边来。我对这个浅黑脸儿、不爱说话、衣服沾满颜料的人产生了好感，大概是因为他对"我们的河湾"有了好感之故。

我说"我们的河湾"，这只是一种习惯，因为河湾街上的人家对外人都这样说，好像这河湾天经地义属于我们这些日夜守在它身旁的人。大人们严禁我们往河里撒尿，因为他们天天要在这河湾里浣衣、洗菜、淘米和打水。

再说那个画画的。我站在他身边，好奇地看着他把许多种颜色搅在一起后，涂在一块紧绷在木框子上的粗布上。他不理我，只是一忽儿抬起头看看河湾，一忽儿又注目他的画，还不住地摇头叹息。看来，把我们的河湾搬到他的画布上并非一件容易的事。

我忍不住说："你画得不好！"

他扭过半边浅黑色、瘦削的脸，目光依然盯着画布："怎么不好？"

我一时说不出道理，却把自己的感受直截了当地说了出来："我们这河湾是活的，都被你画死了！"

谁知我的话好似什么东西击中了他的要害。他瞠目瞅了我半天，那眼神于迷惘中略带惊讶。我当时才十多岁，哪懂得自己随意的几句话恰中了艺术的秘要。他茫然地怔了一会儿，忽然用一把带木柄的三角形薄铁片，把画布上的油色刮去，然后啪地关上画箱，骑车走了。此后他没有再来。

我以为自己的话得罪了他，心中充满悔意。可是当我的目光一停在河湾的景色间，这悔意就像被一阵风吹得光光的。瞧吧！我们的河湾便是可以指责那位不成功的画家最充分的理由与依据。它本身才是一幅真正美丽的画呢！

四

一天清早，我的孩子叫着："爸爸，你瞧，多好看的河湾呀！"

我隔窗望去，不禁吃了一惊。那河湾里出现了一种绛紫的颜色，在两岸碧绿的苇草中间显得十分刺目。多少年来，这河湾一直像幅淡雅的水彩画，从来没有过这样浓艳的颜色。

我跑到河边一看，原来不知从哪儿流来一股紫色溶液。我向上游望去，那边有几座红砖高楼，高高的大烟囱，灰白色的水泥围墙。哦，那是去年刚建起的一座染料厂。

自此之后，紫色的液体日日夜夜涌进河湾，河湾的容颜变化巨大。无论阴晴雨雾，河湾再变幻不出任何动人的情态，它总是一副刺目的、冷冰冰的紫色的面孔，在蓝天碧野间，不协调地炫耀着自己浓烈的色泽。当这溶液流入河湾时，岸边便泛起一堆堆泡沫。它仿佛是一种流动的、无形的恶魔，使河边茂密的芦苇发黑、萎缩、枯死。水面上再没有鱼儿游动的水纹，渔人也消失了。

河湾街上的人家再没人到河边打水或洗衣。人们也不再爱惜它了，常常有人把垃圾倒入河中。

这时，我忽然想到二十年前来到这儿画画的那个又瘦又黑的人。如果当时河湾是这副样子，他肯定会对我那两句批评他的话反唇相讥："这河湾的一切不都是死了的吗?"

河湾是死了，画家更不会再来。画家与作家不同，作家的心灵常常会被一个死者触动，而打动画家的，大多是那些美的、自然的、活生生和运动着的生命……

五

为了这河湾，河湾街上的人家同染料厂交涉起来，争吵、辩论、打官司，事情愈闹愈大。

没过许久，听说染料厂与附近一个生产队签了合同。生产队把河湾彼岸的几十亩地，包括这河湾在内，一起卖给染料厂，修建一座仓库，条件是染料厂招收这个生产队一百名农民当工人，还把染料筒喷漆的外加工业务给了这个生产队。

这样一来，事情就解决得飞快。跟着来了一伙人，看样子，有工人，也有生产队的庄稼汉。他们赶着马车，带着铁锹、镐头、大锯，还开来一辆旧式的推土机，干得很带劲。先把河湾周围的老树齐根锯去，装上马车运走；再将河水抽干，把河床作为天然的沟槽，埋下染料厂排泄废水的水泥管道，河堤也被削去……这样，一条小河便从地面上消失了，随后是一座大型仓库修建起来。原先那条小河流经之地，被筑成一条宽宽的土公路，它离我家门前，还是那五六十步。

"就这儿。"我说。

那人四下一看，不解地一扬眉毛："哪来的河湾？也没有河呀！"

我看了看对面仓库长长而单调的围墙、堆成小山似的漆黑的颜料筒、尘土飞扬的公路，不禁怅然说了一声："河湾没了！"

（摘自《读者》2012 年第 22 期）

致　谢

　　刚刚过去的 2020 年,必将成为人类历史上非比寻常的一年——一场新冠肺炎疫情在全球蔓延,截至 2021 年 2 月底,已造成约 1.14 亿人感染,252 万多人死亡。艰难方显勇毅,磨砺始得玉成。在如此艰难的情况下,中国依然取得了举世瞩目的成就:快速遏制了疫情在国内的蔓延,全面打赢了脱贫攻坚战,"天问一号""嫦娥五号""奋斗者"号等科学探测实现重大突破,55 颗北斗卫星组网成功,新冠疫苗研发成功,国民经济逆势增长……

　　时序更替,华章日新。2021 年对于全国人民而言无疑是不平凡的一年,这一年我们将迎来中国共产党百年华诞,这一年也是实施"十四五"规划、开启全面建设社会主义现代化国家新征程的第一年。我们坚信,在中国共产党的正确领导下,国家将更加强大,民族将更加团结,人民生活将更加美好,第二个一百年的华丽篇章也将拉开大幕。

这一年,"读者人"也将迎来两件喜事:一是读者出版集团创建 70 周年——1951 年,读者出版集团的前身甘肃人民出版社成立,经过 70 年的蓬勃发展,现已成为国内知名的文化企业集团;二是《读者》杂志创刊 40 周年,《读者》自创刊之日起就始终以弘扬人类优秀文化为己任,坚持"博采中外、荟萃精华、启迪思想、开阔眼界"的办刊宗旨和"清新隽永"的办刊风格并将挖掘人性中的真善美作为自己的办刊理念,春风化雨、以文化人,潜移默化地影响了几代人的成长。2019 年 8 月 21 日,习近平总书记亲临读者出版集团考察调研时对"读者人"殷殷嘱托:"要提倡多读书,建设书香社会,不断提升人民思想境界、增强人民精神力量,中华民族的精神世界就能更加深邃厚重。"如今十几个月过去,总书记的嘱托言犹在耳,"读者人"深感责任重大,深知唯有勠力同心、团结奋进,才能不辜负总书记的厚望和重托。

时值三月,莺飞草长,春意盎然,到处充满了希望和期盼的味道。与往年一样,新一辑"读者丛书"如约而至。时光荏苒,岁月如梭,不知不觉中"读者丛书"已出版了 5 辑。我们将第 5 辑"读者丛书"命名为"百年辉煌读本",意在表达"共庆百年华诞、共创历史伟业"的美好愿望。丛书通过"文化、民生、生态文明、法治、经济、强军建设、国家统一"等 10 个方面充分展示了中国共产党领导人民进行革命、建设、改革的光辉历程,特别是党的十八大以来党和国家事业取得的伟大成就。我们从《读者》杂志、各类优秀图书及网站精选了 600 多篇记录和反映中国共产党领导人民取得的辉煌成就,以及与广大人民群众生活密切相关的点点滴滴的改变和进步的美文汇编成 10 册,试图以《读者》独特的视角,讲好中国共产党的故事。

蒙广大读者厚爱,"读者丛书"已出版 5 辑,逐渐形成了一定的品牌效应和规模效应,我们将继续秉承"三精(精挑细选、精耕细作、精雕细琢)"理念,为广大读者奉献一道滋养心灵的精神盛宴。

与往年一样,《读者丛书·百年辉煌读本》的策划和编辑出版得到了中共甘肃省委宣传部、甘肃省新闻出版局以及读者出版集团、读者杂志社等各方的指导和帮助,在此深表谢意!与此同时,丛书的编选也得到了绝大多数作者的理解和支持,他们对作品的授权选编和对丛书的一致认可消除了我们的后顾之忧,对此我们表示诚挚的谢意!虽然我们尽力想把工作做得更细致、更扎实,但因为种种原因依然未能联系到部分作者,对此我们深表歉意,也请这些作者见到图书后与我们联系。我们的联系方式是:甘肃人民出版社(甘肃省兰州市读者大道 568 号,730030,联系人:李舒琴,13919907936)。

"雄关漫道真如铁,而今迈步从头越。"处在两个一百年奋斗目标的历史交汇点上,甘肃人民出版社编辑出版《读者丛书·百年辉煌读本》,也是冀望与广大读者一道牢记使命、砥砺前行,为全面建设社会主义现代化国家、实现第二个百年奋斗目标而披坚执锐、勇立新功。

读者丛书编辑组

2021 年 3 月